引退した
最強魔導士の
隠居生活は
ままならない、
のんびりしたいのに優秀な教え子たちが放っておいてくれません
邑上主水
ill.syow
JN078065

僕はキミが思っているほど
凄い魔導士じゃないよ

ロイド

魔法学校で教師をしていた天才魔導士。
ある日突然クビになってしまい、
療養も兼ねて故郷に帰ることに。

ジュリア

ロイドの元教え子で、成績トップの
実力者。学校をやめて田舎まで追い
かけてくるほどロイドを敬愛している。

どうして急に学校を
辞められたのですか!?

再会できたのが嬉しすぎて
いろいろと先走っちゃった

カタリナ

ロイドの元教え子で、魔王を倒した勇者
のひとり。ロイドを表舞台に立たせよう
といろいろな作戦を立てており……。

ララ

村の宿屋の娘。大人しく慈悲深い性格で、薬草採取が得意。どうやら魔法に興味があるようで…。

ま、魔法って凄いんですね…

勇者の師匠とか、ロイド様すげぇ！

トンタ

羊飼いの少年。正義感が強く、村に帰って来たロイドを案内したりと、何かと面倒見の良い性格。

カスミ

ロイドの元教え子。優秀だが自己肯定感が低く、どうやら悪事に巻き込まれてしまっているようで…。

ずっと先生のことばかり考えていたんですよ

一匹だけ羊毛が爆発的に成長していて、
家くらいデカくなっている。
巨大な毛玉というか、巨大なモフモフの塊というか。
どうしたらあんな羊になるの？
お、俺の魔法だよ

引退した

最強魔導士の隠居生活はままならない

のんびりしたいのに優秀な教え子たちが
放っておいてくれません

邑上主水

ill. syow

目次

第一章　最強の魔法教師、田舎に帰る

体調がおかしい。

そう気づいたのは、魔法学の授業をしていたときだった。

生徒たちの前で見本として《水属性》の【魔法障壁《コンセクト》】を発動させたんだけれど、体内の魔素の減りが異様に激しかった。

十八歳で教師になって十年が経つけれど、こんなことは初めての経験だった。

ちょっと怖くなって医者に相談してみたところ、「魔素敗血症」の診断を受けてしまった。

魔素敗血症とは、細菌によって魔素を生成する器官が炎症を起こし、恒久的に魔素量が減少していくという魔導士の職業病ともいえる病だ。

その原因は、僕ことロイド・ギルバルトの生活環境にあった。

僕が教鞭《きょうべん》を振っている魔法学校「ナーナアカデミア」は大陸屈指の魔法学校で、一三〇〇年の歴史を持つ、いわばエリート魔法学校だ。

ナーナアカデミアの卒業生は、王国の根幹を担う要職に就いている者が多い。

数年前、世界を恐怖に陥れた「魔王」を討伐した五人の勇者も、アカデミアの卒業生たちだ。

そんな実績も相まって、ナーナアカデミアの門を叩《たた》く若者は才能にあふれた優秀な子供が多い。

真面目に授業を受けるのはもちろん、授業が終わった後も熱心に質問を投げかけてくるし、自主的に魔法の訓練だってしてくる。

そんなふうにやる気にあふれる生徒たちばかりだから、教師の僕も気合が入るというもの。

できるだけ生徒たちのために動き、彼らの成長のために時間を割いてきた。

その結果、教師としての事務仕事が疎《おろそ》かになり、残業続きで学校に寝泊まりする日々を送るハメになったというわけだ。

食生活に気を使う余裕もなく、椅子の上でも仮眠を取ることができれば御の字。

そんな毎日を送った結果が――魔素敗血症。

このままじゃ、体内の魔素がなくなって魔法一切が使えなくなってしまう。

そう考えた僕は、医師から診断書を出してもらってしばらく学校を休んで療養しようと思ったのだけれど――。

「わかりました。この申請は受理いたしましょう」

壁にずらりと偉大な歴代校長の肖像画が飾られたナーナアカデミア校長室。

提出した医師からの診断書に目を通したブライト・ハリー校長は、目尻に深いシワを寄せてそう返してくれた。

「ありがとうございます。助かります」

「いえいえ。どうぞご自愛ください。今後、ロイド教室の生徒たちは、私の息子が面倒を見ますので」

穏和な口調で続けるブライト校長だったが、彼が口にした「今後」という言葉に引っかかってしまった。

「あ、あの……今後、というのは？」

「本日からずっと、という意味ですよ」

表情を崩さず、ブライト校長は言う。

「わかりやすい言葉でお伝えした方がよろしいでしょうか。ロイド先生、あなたは解雇ということです」

「か、解雇!?　な、何故ですか!?」

「何故？　おかしいですねぇ。それはあなた自身がよくわかっているはずでしょう？　教師という大事な立場にある者が病にかかるなんて、自覚と責任が欠如している証拠です」

「……は？」

絶句、とはこういうことを言うのかもしれない。

自覚と責任の欠如？

充足の間違いではなく？

「いいですか、ロイド先生。これは戒《いまし》めです」

ブライト校長は芯の通った声で続ける。

「一介の教師が学校の経営に口を出すなどと身の丈にあっていないことをやるから、病などにかかってしまうのです」

経営に口を出す。

その言葉に、僕はハッと気づいた。

あれは二ヶ月くらい前だっただろうか。

僕は教師としての仕事の傍ら、ナーナアカデミアの経営改善案をブライト校長に提案した。

というのも、二年ほど前からナーナアカデミアの生徒と教師の質の低下が問題視されていたのだ。

その原因は、生徒減少による財政難だ。

国難に備えて魔導士を増やすという王国の方針で魔法学校が乱立したため、限られた人材を多くの魔法学校が取り合うという問題が生まれた。

生徒が集まらずに経営難に陥る学校が増え、ナーナアカデミアも同じ問題を抱えることになった。

そんな問題を解決するべく、就任したブライト校長がまず行ったのは、優秀だが高い給与を必要とする教師を解雇するコストカット。

さらに減った生徒を補うため、入学資格を「家系と能力を重視したエリートのみの入学」から「金さえ払えば誰でも受け入れる一般入学」に変更した。

その結果、財政難は解決できたものの、教師と生徒の質の低下につながったというわけだ。

このままだとナーナアカデミアの歴史が終わってしまう。

そう危惧した僕は、改善案を提案したのだけれど……それが面白くなかったのかもしれない。

「あ、あれは学校のことを思っているからこそで――」

「それが出すぎた真似だと言っているのですよ、ロイド先生！」

ブライト校長が机を拳で叩く。

「あなたの仕事は生徒たちに魔法を教えることです！　本職以外の余計なことに頭を回す必要はないっ！」

校長室がシンと静まり返る。

コホンと咳《せき》払いをひとつ挟んで、ブライト校長が続ける。

「……失礼。何にしても、自己管理のひとつもできない怠惰な人間に、これ以上大事な生徒たちを任せるわけにはいきません」

追い打ちをかけてきたその言葉に、僕は酷《ひど》く落胆してしまった。

確かに病気にかかってしまった原因は、僕が自己管理を怠ってしまったせいだ。

だけど、決して怠惰だったからというわけではない。

教師になってからも自己鍛錬《たんれん》は続けていたし、魔素敗血症にかかるまで風邪のひとつもひいたことはなかった。

全て学校や生徒たちを優先していた。

それなのに、自覚と責任の欠如という言葉だけで終わらせるなんて。

なんだか一気に熱が冷めてしまった。

学校の未来や生徒の将来を考え、必死に改善策を提示してきたりしたけれど、相手にするのも疲れてきた。

生徒たちには本当にごめんなさいだけど……もう、無理だ。

「……わかりました。解雇を受け入れます」

「よろしい。では即刻ここから立ち去りなさい」

満足げな笑みを浮かべるブライト校長。

僕は深々と一礼して校長室を後にすると、教務室に戻って荷物をまとめることにした。

他の教員たちが心配そうに僕を見ていたけれど、机の上を片付けている姿を見て察したのか、声をかけてくることはなかった。

ブライト校長の「コストカット政策」で突然解雇を宣言されるなんて珍しいことじゃない。

「今までありがとうございました」と挨拶をして教務室を出る。

ただ、生徒たちだけには事情を説明しておこうと思い立ち、僕が担任をしている「ロイド教室」に向かったのだけれど誰もいなかった。

どうやら、生徒たちはすでに下校してしまったらしい。

しかし、と誰もいなくなった教室を見て思う。

ナーナアカデミアで教師を始めて十年。

数多くの生徒たちを卒業という形で見送ってきたけれど、まさか自分がこんなふうに学校を去ることになるなんて思いもしなかった。

僕がいなくなってしまうことを知って、生徒たちは悲しむだろうか。

——いや、「いきなり辞めるなんて、責任感がなさすぎる」と恨まれるかもしれないな。

「よう、ロイド先生」

教室の入り口から声がした。

そこに立っていたのは背の高い金髪の男。彼の名前はリンド・ハリー。

アカデミアの教師であり、ブライト校長のひとり息子だ。

年は僕よりも五歳若く、つい最近、魔法歴史学の教師として配属された。

大学では魔法歴史学を専攻していたらしく、その分野で博士号を持っているとか。

だから……というわけじゃないだろうけど、プライドが高くエリート気質で、学歴がない人間を軽視している素振りがある。

「もう校長《オヤジ》とは話したんだよな？」

「……そうですね」

どうやらリンド先生は僕の顛末《てんまつ》について知っているらしい。

彼は口の端《つ》を吊り上げ、続ける。

「ま、自業自得ってやつだな。もっと柔軟に物事を考えられてればクビは免れたのかもしれねぇのによ。昔から『長いものには巻かれろ』って言うだろ？　魔法学の権威か何か知らねぇけど、まずは言語学を勉強するべきだったな」

「…………」

うんざりしてしまった。

リンド先生はこういうところがあるから苦手なんだよな。

ちょっと失礼だけど、今は相手にするのも面倒くさい。

あ、ちなみにリンド先生。

そういうものを勉強するのは言語学じゃなくて民俗学だと思いますよ。

「何にしても、この『ロイド教室』は今後『リンド教室』として俺が引き継ぐから安心してゆっくり療養してくれよ。ロイド先生……いや、万知の魔導士様」

リンド先生がいやみったらしくニヤけ顔でのたまう。

万知の魔導士。

いつ誰が呼び始めたのかわからない、僕の二つ名だ。

魔法には大きくわけて火・水・木・闇・光の五つの属性がある。

一般的な魔導士が使えるのは、多くて二属性。天才的な才能を持つ魔導士でも三属性が限度なんだけど、僕は五属性全てが使える。

両親曰《いわ》く、幼い頃から遊びの中で息をするように魔法を使っていたらしく、物心ついた頃には五属性全ての魔法を使っていた。

故郷では「森の中で精霊に会って祝福を受けた」とか、「偉大な魔導士が転生した存在」なんて言われていたけれど、理由は定かではない。

理由は何にしても五属性全ての魔法を使っていたから、万の魔法を知る「万知の魔導士」というわけだ。

まぁ、僕みたいな器用貧乏にはおこがましすぎる名前だから「その呼び名はやめて」って皆には言っているんだけどね。

というか、僕の代わりにリンド先生がロイド教室の担任になるんだったな。

ブライト校長の口添えでナーナアカデミアに入ってきたリンド先生は、学位を持っているけれど、お世辞にも魔法の才能があるわけでも教え方がうまいわけでもない。

本当に大丈夫だろうか。

ロイド教室の生徒たちは学校屈指の粒ぞろいだ。

僕の教室から偶然、名だたる魔導士が出ているもんだから、アカデミアでも特に才能あふれる子供たちが集められている。

そんな彼ら彼女らに、ちゃんと魔法を教えることができるのか心配だ。

ちょっと行く末が不安すぎるけど——そんなことを考える必要はないか。

なにせ僕はもう、この学校の教師ではないんだから。

「おい、なんとか言えよ病弱魔導士」

無反応だったからか、リンド先生が棘《とげ》のある言葉を放つ。

「こっちはあんたを心配して言ってやってんだぞ？」

「……ありがとうございます、リンド先生。生徒たちを頼みます。彼らは将来有望な魔導士の卵たちなんです」

「はっ、この期に及んで生徒の心配かよ。虫酸《むしず》が走るね。心配するなら自分の将来を心配しな」

リンド先生が高笑いする。

あの校長にしてこの息子ありだな。

これ以上の会話は時間の無駄だと判断した僕は、足早に教室を後にした。

なにせ僕は、これからの身の振り方を考えなければいけないのだから。

でもまぁ、クビにならずとも療養生活をするつもりだったし、予定通り故郷にでも戻ってしばらくゆっくりしますかね。

＊＊＊

「……はぁ、空気が美味しいな」

雲ひとつない青空を見上げ、大きく深呼吸をした。

ナーナアカデミアをクビになった僕が今いる場所は、遠く離れた故郷のロット村だった。

乗合馬車に揺られて一週間ほど。

ロット村は王国のすみっこにある人口五十人程度の小さな田舎の村だ。

そんなロット村に十三年ぶりに戻ってきてまず思ったのは「空が高い」だった。

ナーナアカデミアがある街「エンセンブリッツ」は市壁に囲まれた城壁都市。

なので、少ないスペースを活用するために全ての建物が高く、あまり空を拝めないのだ。

あの街と比べると、ロット村は空を遮《さえぎ》るものがなく平坦そのもの。

一番高い建物は、村の端にある教会か風車小屋かな？

しかし、ロット村は相変わらずのんびりとした空気が流れているな。

村の周囲に広がる森では薬草や木の実が採れ、さらには鹿などの草食動物が生息している。

村の外れには大きな湖もあるし、療養生活にはピッタリだ。

ちなみに、今僕が持っている荷物は小さなキャリーケースひとつだけ。

エンセンブリッツに借りていたアパートは解雇されたその日に解約して、家具やら何やらは全て処分してきた。

着の身着のまま。独り身ってヤツは超身軽なのだ。

「よし、行こうか」

思う存分、故郷の新鮮な空気を堪能した僕が向かったのは実家。

両親は僕が子供の頃に病で他界しているので、住んでいるのは妹のピピンだけのはず。

顔を合わせるのは、かれこれ十三年ぶりになる。

僕が村を出たとき五歳だったから、今年で十八歳だ。

ちなみに、ピピンは僕が紆余曲折《うよきょくせつ》あってナーナアカデミアで教師を始めたことを知っている。

彼女の面倒を見てもらっている叔父さんやピピンに毎月仕送りをしているので、手紙でお互いの状況を伝えあっているのだ。

とはいえ、クビになったのはまだ教えてないけど。

さて、どんな反応をされるかな？

昔から僕のことを慕ってくれていたので冷たい反応だけはされない、と思いたいけれど——。

「……っ!?　クク、クビ!?」

僕からざっと説明を受けたピピンは、危うく座っていた椅子から転げ落ちそうになってしまった。

十三年ぶりに会ったけれど、ピピンは相変わらず可愛かった。

クリーム色のおさげに、大きなメガネの奥に光る綺麗《きれい》な翡翠《ひすい》色の目。

その小さい体からはエネルギーがあふれ出ている。

今は叔父さんの農場を手伝っているらしく、少しだけ日に焼けていて実に健康そうだ。

そんなピピンが、慌てふためきながら僕の体を揺すってくる。

「ちょ、ちょっと待ってください⁉　いきなり村にお戻りになったと思ったら学校をクビになった⁉　どういうことですか⁉　ピピンは大混乱です！」

「そ、そうだよね。いろいろごめんね」

「いえ！　お兄様は全く悪くありませんから！」

ずれ落ちかけたメガネをくいっと上げるピピン。

「そもそも、クビになったという話が不可解なのです！　だってロイドお兄様って……あの勇者様の先生なんですよね⁉」

「あ〜、うん。いやまぁ、そうだけど……」

数年前に魔王討伐に成功した勇者五人、いわゆる「五華聖」はアカデミアの卒業生なのだが、何を隠そう僕の教え子なのだ。

ロイド教室の卒業生は五華聖以外にも、王国の魔法院で重要な役職についていたり王室付きのお抱え魔導士になっていたり、大成している子たちが多い。

とはいえ、勘違いしてはいけないのは僕の教え方が凄いのではなく、才能あふれる人材が僕の教室に来ていたってだけなんだけどね。

　でも、どうやらピピンは僕は超凄い教師だと思っているらしい。

「で、ですよね!?　そんな優秀な教師をクビにするなんて……え!?　もしかして魔法学校ナーナアカデミアの校長さんっておバカちゃんなんですか!?」

「うん。言いたいことはわかるけど、もっとオブラートに包んだ方がいいかな？」

　できれば直接的な表現は慎んでほしいなぁ。

　引きつった笑顔を見せる僕をよそに、ひと通り怒って満足したピピンは、嬉しそうに頬をほころばせた。

「……でも、お兄様に会えてピピンは嬉《うれ》しいです。毎月の仕送りのお礼をしないと、と思っていたところでしたので」

「何言ってるの。村を出たいってわがままを聞いてくれたのはピピンの方じゃない。お礼を言いたいのはこっちだよ」

「お、お兄様……」

　大きな瞳をうるませるピピン。

　子供の頃からいろいろな魔法が使えた僕は、病で苦しんでいた両親みたいな人たちを助けたいと思って村を出ることにした。

　初めは医者になろうとしたけれど、医師免許を取るには医師としての「血筋」が必要だということがわかった。

つまり、元々医者の家系でないと医者になることは不可能ということ。

それで、最終的に教師の道を歩むことになったけど、誰かを助けたいという気持ちは今でも持ち続けている。

「お兄様はしばらく村に滞在するんですよね？」

「そのつもりだよ。まずは病気を治療したいからね」

「病気……」

ピピンの顔に影が落ちる。

多分、病で他界した両親のことが頭によぎったのだろう。

「心配いらないよ。魔素敗血症は命に関わるようなものじゃないから。美味しいものを食べて、のんびりしてたら次第によくなるはずだ」

減った魔素総量が元に戻ることはないけれど、生活環境を改善することで病の進行を止めることはできる。

それが魔素敗血症における「完治」なのだ。

「なるほど！　では、しっかりのんびりしてくださいね！　ちなみに、この家で療養されるんですよね？」

「そうだね。できればひと部屋だけ貸してもらえたら嬉しいんだけど……いいかな？」

「何をおっしゃいます！　もちろんですよ！　この家はお兄様の家でもあるのですから！」

可愛らしい笑顔で応えてくれるピピン。

いやぁ、本当にいい子だなぁ。

学校は辞めたけど貯金は結構ある。無理だって言われたら宿を借りようかなって思ってたけど、同居させてもらえるなら大助かりだ。

「お兄様とまた一緒に暮らせるなんて、ピピンは嬉しいです！　えへへ」

「僕もだよ。あ、もちろん生活費は渡すからね？」

「そんな細かいところは気にしないでください。なにせお兄様はロット村の英雄なんですから！」

「え、英雄⁉」

ぎょっとしてしまった。

「ちょ、ちょっと待って、なんで僕が英雄？」

「お兄様は『万知の魔導士』と呼ばれる大賢者にして、世界有数の魔法学校ナーナアカデミアの教師様……それも魔王を倒した勇者様の先生なんですよ？　それを英雄と呼ばず、なんと呼びましょう？　ロット村にお兄様の銅像を建てようという話が出ているくらいなんですから」

「どど、ど、銅像だって⁉」

ウソでしょ？　村の広場に僕の銅像が建つの？

恥ずかしくて表を歩けなくなるじゃないか。

それって、むしろ嫌がらせだよ。

興奮気味に語るピピンの話では、僕が村に帰郷する際には「おかえりなさい。勇者様の先生にして大賢者ロイド様」という横断幕を村の入り口に掲げる予定だったとか。

さらに「大賢者ロイド様の出身地」として村おこしを計画しているらしい。

絶句してしまった。

や、特筆すべきものがないロット村の助けになるんだったら協力はおしまないけど、そういうのはちょっと勘弁願いたい。

というわけで。

僕を活用した村おこし計画を白紙に戻してもらうよう村長のフーシャさんにお願いしに行くついでに、村の人たちに挨拶をして回ることにした。

まずは、墓地にある両親の墓。

その次にフーシャさんの自宅に行って、村の施設を回ってみよう。

いい感じに歳を重ねていたフーシャさんは、僕が村に帰ってきたことを凄く喜んでくれた。

喜ぶあまり「ロイド様凱旋《がいせん》祭りをやりましょう！」なんて興奮していたけれど、村おこしの件と合わせて丁重にお断りさせていただいた。

しかし、ここまで歓迎されるなんて思ってもみなかったな。

なにせ僕は若くして村を出ていったんだ。てっきり村八分にされてるんじゃないかって思ってたけど、無駄な心配だったみたいだな。

フーシャさんの家を後にして、次に向かったのは宿屋だった。ここは酒場としての顔もあるので、村の人たちが集まるのだ。

「あの、ロイド様？」

宿屋の店主さんに挨拶をしていたとき、ふと名前を呼ばれた。

誰だろうと思って振り向いた僕の目に写ったのは、ひとりの少年。

年齢は十歳くらいかな？

青い髪に日焼けした肌。

実に活発そうな見た目の男の子だ。

そんな少年が、興味深げに続ける。

「父ちゃんから話を聞いたんだけど、都会からやってきた偉い魔導士の先生で賢者様……なんだよね？」

「け、賢者様？」

もしかして僕の噂《うわさ》って、子供にまで広がってるの？

「皆が勝手に言ってるだけで賢者かどうかはわからないけど、街で魔法学校の先生をやっていたのは本当だよ。体を壊してこっちに戻ってきたんだ」

「すげぇ、本当だったんだな！　魔法の先生なんて初めて見た！」

にっこりと純粋無垢《むく》な笑顔を見せる少年。

「俺はトンタ。羊飼いをやってるんだ」

「よろしくトンタくん。羊飼いって……ああ、グエンの息子さんか」

グエンというのは、僕と同じ年の羊飼いだ。

村を出た頃はまだ見習いの羊飼いだったけど、今では一端《いっぱし》の羊飼いになっていて息子がひとりいるって言ってたっけ。

なるほど。よく見ればグエンの面影があるな。

そんなグエンそっくりのトンタくんが続ける。

「久しぶりの故郷ならわからないことだらけだろ？　だからフーシャさんに俺とララで案内してあげろってお願いされてさ」

「……ララ？」

「そ。あそこで受付やってる女の子」

トンタくんが視線を送った先――カウンターの向こうから、じっとこちらを見ている子供がひとりいた。

くせのある黒髪ショートヘアの少しおっとりとした雰囲気の子。

物珍しそうに僕を見ていたのは知ってたけど、ずっと男の子だと思ってた。

トンタくん曰く、彼女は宿屋の一人娘らしい。引っ込み思案で人見知りが強く、体が弱いために裏方の仕事をしているのだとか。

なるほど。宿屋は村の人が集まる場所だし、彼女なら村の事情に詳しいはず。

案内役としては適任だな。

「ありがとう、助かるよ。それじゃあ、ふたりにお願いしようかな」

「よっし！　じゃあ、早速行こうぜ！　おいララ！　今からロイド様の案内に行くぞ！」

「……ふぇっ⁉」

ピョコンと立ち上がったララちゃんは困惑顔。

あれ？　もしかして話をしてなかった感じ？

グエンも昔から適当な性格だったし、受け継がなくていいところを受け継いじゃったんだな。

というわけで、ふたりの小さな案内人に十三年ぶりのロット村を案内してもらうことになった。

＊＊＊

トンタくんたちに案内されながら村を回ってみたけれど、やっぱり大きく様変わりしていた。

新しい家屋がいくつも建っていて、雑貨屋や錬金屋など以前はなかった店もちらほらある。

多分、村の人から要望があってフーシャさんが商会を誘致したのだろう。

住んでいる人たちも知っている顔は何人かいたけれど、ほとんどが数年前に村にやってきたという人たちばかりだった。

新しい商売を始めるために村を出て行ったという人もいたけれど、大半が僕の両親みたいに病で倒れてしまったらしい。

十三年という年月を感じて少し物悲しくなってしまった。

だけど、村の広場でたくさんの子供が遊んでいるのを見られたのは、素直に嬉しかった。

病や戦乱が理由で農村から人がいなくなった……なんて話はエンセンブリッツでもよく耳にしていたし。

うん。ロット村が平和で本当によかった。

「ロイド様が村を出たのって、十三年前なんだよね？」

広場で遊んでいる子供たちを眺めていると、トンタくんが尋ねてきた。

「そうだね。それくらい前になるな」

「てことは俺やララが生まれる三年前か……その頃のロット村もこんな感じだったの？」

「いいや、もっと寂《さび》れてたよ。子供もこんなに多くなかったし」

「そっか。今のロット村しか知らないけど、ここも変わったんだなぁ」

「あ、あの……ロイド様？」

続けて尋ねてきたのは、ララちゃん。

彼女はトンタくんの影に身を隠したまま、おっかなびっくりで続ける。

「ロ、ロット村でも魔法教室を開いたりするんですか？」

「え？　魔法教室？」

「あっ、違っていたらすみません。ま、魔法学校の先生をやられていたとトンタから聞いたので、その、こっちでも魔法教室を開くのかなと……」

「ああ、そういうことか。いや、特に予定はないかな」

「……そうですか」

ちょっと残念そうに顔を伏せるララちゃん。

あれ？　もしかして魔法に興味があるのかな？

ロット村の子供は農場育ちが多いし、魔法に興味がある子なんていないと思っていたけれど、思い違いだったかな。

ララちゃんみたいな子が多いのなら、簡単な魔法の教室を開いてあげるのもいいかもしれないな。

基礎を教えるくらいだったら国に開校の申請も必要はないし。

ちなみに、正式な魔法学校を開くには、まず領主様から学校を開くための土地を借りて国に開校届けを出し、魔導士協会に分厚い計画書を提出して開校許可を通す必要がある。

そんなややこしい手続きが必要なのは、魔法学校が「魔導士資格」を取るための機関だからだ。

魔導士というのは立派な国家資格。

だから魔導士は王族お抱えになったり、国の重要な機関で働くことができるというわけだ。

ひと通り村を回って、僕たちが向かったのは村の外れにある製材所だった。

森から運ばれてきた丸太が積み上げられていて、幾人かの木こりさんがのこぎりを使って丸太を小さく切っている。

小さく切った丸太を斧《おの》で割って薪にしているのだろう。

「……おや？　トンタくんとララちゃんじゃないか」

木こりさんのひとりが声をかけてきた。

「こんにちは、ラウさん」

「家の仕事はどうしたの？」

「今日は別の仕事があってさ」

トンタくんが僕を見る。

ラウさんは僕を見ながらしばらく首を捻っていたが、ハッと何かに気づく。

「あっ、もしかしてあなたがフーシャさんの言っていた大賢者ロイド様ですか？」

「……っ!?」

びっくりしてしまった。

さっきフーシャさんに挨拶したばかりだけど、どんだけフットワーク軽いんだあの人。

「ロイド様の話は以前からいろいろと聞いてますよ。なんでもあの勇者様のお師匠様だとか」

「えっ、そうなの⁉　勇者の師匠とか、ロイド様すげぇ！」

声をあげたのはトンタくん。

いや、師匠という言い方は少しだけ語弊があるけどね。

僕は魔法を教えてただけだし。

噂には尾びれ背びれがつきものだから、別にいいんだけどさ。

「なるほど。それでトンタくんたちがロイド様の案内をしているってわけか」

「そ。これも大事な仕事なんだよね」

「大役だな。ロイド様に失礼のないようにララちゃんと――」

「あっ！」

ラウさんの話を遮るように、驚いたような男の声が跳ねた。

声がした方を見ると、木こりさんが何やら右腕を押さえている。

ラウさんが慌てて向かったので、僕たちも後を追う。

「お、おい、どうした？」

「いたた……木片が飛んできて」

どうやら怪我をしてしまったらしい。

「あの、大丈夫ですか？」

「お騒がせしてすみません。飛んできた木片で手を切ったんですが、浅いので平気ですよ。少し血が出てますけど、家に帰れば治癒ポーションもあるし――」

「それは大変だ。僕が治癒魔法を使いましょう」

「……え？」

「まだ仕事もあるでしょうし、家に戻るのは手間ですよね」

「まさかロイド様、怪我を治せるんですか？」

困惑気味にラウさんが尋ねてくる。

その反応だと、魔法の経験がないのかもしれないな。

「そのままじっとしていてください。【裂傷治癒《ヒーリング》】！」

「……うわっ⁉」

木こりさんの右腕の傷が、瞬《またた》く間に消えていく。

この魔法は五属性のひとつ、「身体」を司《つかさど》る《光属性》の治癒魔法だ。

欠損した部位の修復ともなると膨大な魔素が必要になるけれど、切り傷くらいなら少しの魔素で事足りる。

「こ、こ、これは凄い」

ラウさんが感嘆の声をあげる。

「魔法なんて初めて見ましたよ！　これは正に奇跡だ！　もしかして魔法を使えば病気も治ったりするんですか⁉」

「残念ながら病気は無理ですけど、ちょっとした怪我くらいならなんとかなりますよ。何かあったら、いつでも声をかけてください」

「ほ、本当ですか？　実は木こりの仕事って怪我がつきもので、治癒ポーション費用も馬鹿にならないんですよ。いやぁ、ロイド様が村に帰ってきてくれて本当によかった！」

嬉しそうに笑うラウさんが「木材が必要になったら融通しますから」と申し出てくれた。

木材を使う予定なんてないけれど、そう言ってくれるのはありがたいな。

「ま、魔法って凄いんですね……」

ぽつり、とララちゃんが囁《ささや》いた。

「ん？　興味ある？」

「あっ……ええっと、少しだけ」

恥ずかしそうにララちゃんがうつむく。

う～む。やっぱり魔法に興味があったみたいだな。

ララちゃんのために小さな教室を開いて、魔法の基礎を教えてあげるか？

でも、学校を辞めたばかりなのにこんなところで魔法教室を開いているなんてナーナアカデミアの生徒たちが知ったら怒りそうだし。

特に今年のロイド教室の生徒には、あの五華聖の勇者に近しい才能と危うさを兼ね備えている子がいたからなぁ。

「…………」

僕の脳裏に、激怒しているその危険な「彼女」の顔が浮かぶ。

妙な胸のざわつきとともに、冷や汗が出てきてしまった。

うん。絶対まずいことになる。

＊＊＊

翌日。

ララちゃんの一件があって、僕はなんとなくロット村で魔法教室を開くための計画を立ててみることにした。

生徒たちに怒られちゃいそうだけど、やる気がある子を見捨てたくはないからね。

魔導士資格取得のための学校ではないので国への申請は必要ないけれど、いろいろと考えないといけない部分はある。

まず何より、教室を開くための場所だ。

青空の下で開いてもいいけれど、座学も多いのでやっぱり屋内でやった方がいいよね。雨の日とかでも開けるしさ。

「……え？　空き部屋ですか？」

朝食を運んできてくれたピピンにそれとなく尋ねてみた。

「うん。使ってない部屋って結構あるよね？」

「ありますけど……今の部屋、狭かったですか？」

「あ、違う違う。魔法教室を開けないかなって思ってさ」

「魔法教室？」

ピピンが可愛らしく首を傾げる。

「村の子供で魔法に興味を持ってる子がいてね。そんな子たちを集めて魔法を教えられないかなって」

「大丈夫なのですか？」

「まぁ、資格を取得させるなら申請したりいろいろと面倒だけど、基礎を教えるくらいなら問題ないかなって――」

「違います。ピピンが心配しているのは、お兄様の体のことですよ」

ピピンがずずいっと身を乗り出してくる。

「お兄様がロット村にいらっしゃったのは病気の療養のためですよね？　なのに教室を開くなんて本末転倒じゃないですか？」

ピピンの不安は当然だ。

僕がロット村に戻ってきたのは、ナーナアカデミアでの無理が祟《たた》って患《わずら》ってしまった魔素敗血症の療養のため。

なのに魔法教室を開くなんて聞いたら、耳を疑っちゃうよね。

「安心してピピン。もし教室をやるとしても、療養を第一に考えた無理のない範囲でだから」

「そうなのですか？　それならいいのですが……」

ホッとしたような顔を見せるピピン。

ちょっと説明が足りなかったな。反省。

「でも、お部屋ですか……」

ピピンが「う～ん」と首を捻る。

「……あ、そうだ。納屋はどうですか？」

「納屋？」

「お庭にある小屋ですよ。あそこは使っていませんし、お部屋よりもずっと広いですよ」

「ああ、あれか。いいアイデアかも」

敷地の外れにある小さな納屋。

僕たちが生まれる前からあって、両親が倉庫として使っていたものだ。

あそこなら教室に使えるくらいの広さがあるな。

早速、ピピンと一緒に見てみることにした。

僕が村を出てからも使っていなかったらしく、入り口を開けると埃《ほこり》っぽい臭いがした。

「どうでしょう？　使えそうですかね？」

「うん、ばっちりだね」

古い農具が置かれていただけで、埃や蜘蛛《くも》の巣だらけだけど掃除をすればすぐにでも使えそうだ。

広さもそこそこある。

子供だったら五、六人は入れるだろう。

ただ、問題は子供たちが使う机か。

ロット村では作れないだろうし、街から取り寄せるにしてもお金がかかってしまう。

授業料を無料にしたいので、できればお金は使いたくないところだけど、僕の貯金で買ってもいいかな。

ロット村での生活にはあまりお金がかからないし。

「ありがとう、ピピン。なんとかなりそうだ」

「よかった。お兄様のお力になれて嬉しいです」

満足げにニッコリと微笑《ほほえ》むピピン。

ああ、この子は本当に可愛くていい子だなぁ。

思わず頭を撫《な》で撫でしてしまった。

とりあえず場所は確保できたし、フーシャさんに魔法教室の件をかけあってみようか……と考えながら母屋に戻ろうとしたときだ。

「……ん？　誰か来てるな？」

玄関の前に誰かが立っているのが見えた。

ピピンと同じくらいの背丈の女の子だったので、てっきり彼女の友達が来たのかと思った。

だけど――こちらを振り向いた女の子の顔を見てギョッとしてしまった。

美しくきらめく赤い髪は両サイドでツインテールに結んでいて、宝石のような瞳も赤く輝いている。

可憐《かれん》な白と赤のドレスがよく似合っている、気品に満ちたご令嬢。

妙な汗が背中ににじむ。

まさか。いや、そんなはずはない。

だって彼女は今――ここから遠く離れたエンセンブリッツのナーナアカデミアにいるはずなのに。

「……っ⁉　ロイド先生⁉」

ツインテールの女の子は、僕の姿を見て破顔する。

「ああ、ようやくお会いできましたわ！　ロイド先生！」

「な、な、なんでキミがここに⁉」

間違いない。やっぱり彼女だ。

この子の名前はジュリア・ヴィスコンティ。

ナーナアカデミアで僕が魔法を教えていた生徒で、例の「五華聖の勇者に近しい才能と危うさを兼ね備えている子」だった。

†
†
†

教室に向かっていたジュリア・ヴィスコンティの胸は高鳴っていた。

今日の授業は「消失」を司る《闇属性》魔法の実地訓練で、ようやく彼女の得意とする分野の授業が始まるからだ。

ロイド先生は一体どんなことを教えてくれるのだろうか。

先日の「育成」を司る《火属性》魔法の授業でロイド先生にアドバイスを受けたところ、身体能力強化魔法で巨大な岩を持ち上げるほどの効果を出すことができた。

それを考えると、《闇属性》でも想像以上の力を出せるようになるかもしれない。

ジュリアがここナーナアカデミアの門を叩いたのは、かの有名なロイド・ギルバルトが教鞭を執っていたからにほかならない。

ロイドは幼くして五属性魔法全てに精通し、数多くの高名な魔導士を輩出している「万知の魔導士」と呼ばれる大賢者。

ジュリアはそんな彼のことを幼少の頃から耳にしていて、ロイドの元で魔法の勉強をしたいとずっと願っていた。

「ジュリア」

足早に教室に向かっていたジュリアがふと声をかけられた。

足を止めるジュリアだったが、首をかしげてしまった。

一瞬ロイドかと思ったが、そこに立っていたのは見知らぬ男だったからだ。

長身で金髪。

身なりから推測するに教師だと思うが嫌な目つきをしている。

ジュリアは魔導士の名門、ヴィスコンティ家の次女で貴族だ。

付き合いで夜会に参加することもあるし、若干十六歳にして酸いも甘いも経験してきている。

だからこそ、彼女にはわかった。

この男からは酷い俗臭がする、と。

「先生とお見受けいたしますが、どちら様でしょうか?」

「……なんだって?」

ジュリアが尋ねると、男は頬を引きつらせる。

「はっ……ウソだろ？　俺を知らないなんて、ヴィスコンティの令嬢も意外と世間知らずなんだな。リンド・ハリーだよ」

「ハリー先生？　ブライト校長の血縁の方ですか？」

「御名答。ブライト校長は俺の親父」

ブライト校長。

その名前を聞いて、ジュリアはいい気分がしなかった。

近年、数多くの英雄や要人を輩出している名門魔法学校ナーナアカデミアの質が落ちてきていると噂されている。

目先の入学金目当てで、ひと昔前だったら門を叩くことすらできなかったような無能な生徒を数多く入学させているからだ。

それを主導しているのが数年前に就任したブライト校長だった。

ジュリアは小さく鼻を鳴らす。

「それで？　ブライト校長のご子息がわたくしに何の御用でしょうか？」

「今日から俺がキミの担任になったからな。ひと足先に挨拶しとこうと思ってさ」

「……担任？」

ジュリアが訝《いぶか》しげに目を細める。

「話が見えません。わたくしはロイド教室の生徒で、ロイド先生から魔法を教わっておりますが？」

「残念だけど、ロイドなら辞めたよ。つい昨日ね」

ニヤリと嫌な笑みを浮かべるリンド。

ジュリアの表情が酷くこわばった。

「ロイド先生が辞められた？　冗談にしてはセンスがありませんね」

「冗談なもんか。親父に辞表を出してるのを見たからな。本人にも確認したから間違いない」

「……まさか」

あり得ない、とジュリアは思った。

ロイド先生からはもう半年以上授業を受けている。

不得意な属性魔法も使えるようになりたくて授業時間外でも教務室に押しかけていたが、ロイド先生は快く教えてくれていた。

彼の熱心さはそれだけではない。

休日返上で個別授業をしてくれたし、特別カリキュラムも組んでくれた。

いつも寝不足だったので、父親にお願いして腕につけて寝ると安眠できる高級魔導具をプレゼントしたくらいなのだ。

そんなロイド先生が、いきなり辞めるなんてあり得ない。

おまけに自分たちに挨拶もないなんて。

「あはは、ショックだよな？　生徒たちを置いて行っちまうなんて責任感がなさすぎる。俺とは大違いだ」

リンドはロイドを馬鹿にするように嘲笑する。

ロイドを敬愛するジュリアにとっては、それだけで万死に値する愚行だったが、その怒りはぐっと抑えた。

「安心していいぞジュリア。俺の『リンド教室』で魔法を学べば間違いなく一流の魔導士になれるからな。あのシオン・ヴィスコンティみたいにね」

「……っ」

その名前を聞いた瞬間、我慢していた怒りが頂点に達してしまった。

ジュリアは、そのか細い指先をリンドへと向ける。

その指先には、彼女の双眼と同じ赤い炎がゆらめいていた。

「墓前の花は何がよろしくて？　リンド先生」

「……え？」

「ブライト校長のご子息でいらっしゃるのに世間知らずなのですね。私の前で姉の名前を口にすればどうなるか、ご存知ない様子」

シオン・ヴィスコンティ。

ジュリアの姉にして、ナーナアカデミアと同等の歴史を持つ魔法学校エリンシアアカデミアを首席で卒業した「天魔」の異名を持つ天才魔導士。

数年前、王国の北方地域を荒らし、多大な被害を出していた黒竜エキドナをひとりで討伐した英雄でもある。

その功績から王国魔法騎士団の団長に任命された彼女は、ジュリアにとって目指すべき目標であり――忌むべき相手だった。

「お、おい。その手を降ろせジュリア」

リンドは恐怖で顔を引きつらせる。

「ほ、本気で教師に向かって魔法を使うつもりか⁉　や、やめろ！　そんなことをすればキミは退学だぞ⁉」

「………………」

ジュリアは燃え上がっていた怒りがしぼんでいくのがはっきりとわかった。

なんて気概のない人なのだろう。

魔法教師のくせに、魔法を防ぐ【魔法障壁《コンセクト》】ではなく退学をちらつかせて身を守ろうとするなんて。

ロイド先生とは比較にもならない。こんな人に教師が務まるなんて、本当にナーナアカデミアの質は地に落ちてしまったのかもしれない。

ジュリアは深くため息をつくと、くるりと踵《きびす》を返す。

「お、おい。どこに行く？　ホームルームにいないと欠席扱いになるぞ？」

「欠席？　ご勝手にどうぞ」

ジュリアは軽蔑するような目をリンドに向ける。

「いいですか、リンド先生。私が敬愛しているのは、あなたでもブライト校長でも、ましてやナーナアカデミアでもありません。ロイド・ギルバルト先生ただひとりです」

「……っ!?　ま、まさか」

「ええ。ロイド先生がいない学校なんて路傍《ろぼう》の石ころと同じですわ。私もロイド先生と同じく……学校を辞めさせていただきます」

ジュリアは毅然《きぜん》と言い放った。

父や母には怒られるだろうし、魔導士の資格を得るのが先送りになってしまうかもしれない。だけれど、それでも構わない。

全てを投げうったとしても、一秒でも長くロイドのそばにいたい。

学校を辞めたロイドが向かった先に、ジュリアは心当たりがあった。

ロット村。ロイドの生まれ故郷だ。

「……責任感が強いロイド先生が急に辞められたなんて考えられない。きっと何か事件に巻き込まれているに違いありません」

安心してくださいロイド先生。今度は私があなたを助ける番です。

ナーナアカデミアの制服のリボンを投げ捨て、ジュリアはそう心に誓った。

†　†　†

僕の頭は混乱の極みにあった。

魔導士の名門にして、子爵の爵位を持つヴィスコンティ家のご令嬢、ジュリア・ヴィスコンティ。

ロイド教室の優等生にして一番の問題児だった彼女が、何故こんな辺鄙《へんぴ》な場所にいるのか。

「ど、どうしてキミがここに？」

「どうして？　奇妙なことをおっしゃいますね」

手にしていた荷物を玄関先に置き、ジュリアはさも当然と言いたげに涼しげな顔で続ける。

「敬愛するロイド先生を追ってきたに決まっているじゃありませんか」

「お、追ってきた!?　でも、学校は休みじゃないよね？」

「ええ。今頃リンド先生がロイド先生の代わりに教壇に立っているでしょうね」

「ならどうして――」

「ロイド先生がいらっしゃらないナーナアカデミアになど、興味はありません」

毅然《きぜん》とした態度でジュリアはとんでもないことを言い放つ。

「学校は自主退学してきましたわ」

「……はぁ⁉」

自分でもびっくりするくらいの素っ頓狂な声が出た。

「いや、ちょ……ま、待ってよ！　じ、自主退学⁉　え⁉　ウソ⁉　辞めちゃったの⁉」

「そうです」

「そんな、他愛もないことみたいに言わないでよ！　というか、アカデミアを辞めてどうやって魔導士の資格を取るつもりなの⁉」

「ご安心ください。資格試験を受けられる年齢になったら、どこかの学校に席を置きますので」

ジュリアは今年で十六歳。

魔導士の試験が受けられるのは十七歳からだから、猶予があるといえばあるんだけど、ご両親は絶対怒ってるでしょ。

「というより、わたくしにもお聞かせください」

今度はジュリアが尋ねてきた。

「リンド先生から伺いましたが、校長に辞表を提出されたそうですね？　どうして急に学校を辞められたのですか？　まだ先生に教えてほしいことがたくさんあったのに……」

ジュリアが悲しげに視線を落とす。

その声には多少の怒りの感情も含まれているように思えた。

「ご、ごめん。本当はキミたちに説明してから学校を離れたかったんだけどいろいろあってさ。辞めたのは大人の事情というか……」

「詳しくお聞かせください」

ズイッと迫ってくるジュリア。

どうしよう。

あまり他言したくないけれど、ここまで追いかけてきたジュリアを煙《けむ》に巻くのは失礼な気がするしな。

「わ、わかったよ」

僕は状況をかいつまんで説明した。

しばらく学校を休みたいと校長に申し出たところクビを言い渡されたこと。

そして、ロイド教室の担任が校長の息子であるリンドに代わったこと。

「……やはりあの玉なし野郎の策略でしたか」

聞いたことがないくらいに図太く低い声でジュリアが囁く。

え？　今「玉なし野郎」って言った？

気のせいだよね？

「でも、そういうことでしたらご安心ください。ヴィスコンティ家の権力を総動員して先生を学校に復職させますので」

「……け、権力を総動員？」

ウソでしょ？　と思ったけど、冗談を言っているような顔じゃなかった。

ヴィスコンティ家は政財界にも多大な影響を持つ貴族だし、やろうと思えばできないこともないとは思う。

いや、確実にできる。

問題は僕自身が復職になんて全く興味がないことなんだけど。

「ごめん。ジュリアたちには悪いけど、復職は考えていないんだ。元々しばらく学校を休む予定だったし」

「そういえば先程もおっしゃっていましたね。どういうことなんですの？」

首を捻るジュリアに魔素敗血症のことを伝えようとしたとき、ちょんちょんと背中をつっつかれた。

困惑顔のピピンだ。

「あ、あのこの御方はお兄様のお客様……ですか？」

「あ、ごめん。紹介してなかったね。彼女は僕の教え子で、ジュリア──」

「ロイド先生、そちらの女性は？」

僕の声を遮って、不満顔のジュリアが割って入ってきた。

え？　なんでそんな顔？

「あ、ええと……彼女はピピン。僕の妹だよ」

「えっ⁉　ごっ、ご令妹様《れいまい》⁉」

ギョッとしたジュリアは不満顔をしまい込み、慌てて片足を引いてスカートの裾を軽く持ち上げると、しとやかにお辞儀をした。

「お、お初にお目にかかりますピピン様。ナーナアカデミアでロイド先生に魔法を教授いただいておりました、ジュリア・ヴィスコンティと申します」

「はっ、初めまして……」

ピピンの頬がポッと赤らんだ。

「どうかわたくしのことは義理の姉……『お義姉様』とお呼びくださいまし」

「ん、ちょっと待って」

速攻で突っ込んでしまった。

いや、いろいろとおかしいから。

義理の姉云々《うんぬん》の前に、ジュリアの方が年下だから。

いや、見た目と雰囲気は完全に年上なんだけどさ。

「お、おお、兄様？　も、もも、もしかして、こちらの方は本物のご令嬢様なのですか？」

「あ～、うん。そうだよ」

それも名門貴族の。

アカデミアでは普通に接していたけれど、改めて思えばジュリアは僕がこんな風に気軽に接していい相手じゃないんだよな。

宮廷用のドレスを身に着けて、王宮で王や女王に拝謁《はいえつ》するような身分の人間。

外出するにも移動は馬車で、必ず護衛をふたり以上つけているはずだけど……あれ？　そういえば従者がいないな。

荷物も自分で持ってるし。

え、もしかしてジュリアってば、ひとりでここまで来たの？

「ええっと、とりあえず続きは中で話そうか」

大丈夫だとは思うけど、変なトラブルに巻き込まれたらことだし。

ジュリアは「失礼いたしますわ」ともう一度お辞儀をすると、僕たちに続いて玄関をくぐった。

＊＊＊

驚いたことに、やはりジュリアは本当にここまでひとりで来ているようだった。

それもヴィスコンティ家の馬車ではなく、僕も使っていた乗合馬車で。

ご両親には内緒にしたまま家を飛び出して、手荷物ひとつで乗合馬車に乗ったのだという。

ううむ。考えただけでも恐ろしい。

何もなかったからいいものの、誘拐でもされたらどうするつもりだったのか。

「何かあったらロイド先生仕込みの魔法でどうにかしますので」と言っていたけど、そのことをご両親が聞いたら卒倒するんじゃないだろうか。

家に上がったジュリアはまさにお嬢様といった気品あふれる雰囲気でリビングに腰掛けたが、僕の病気のことを聞いた瞬間、顔を真っ青にしてうろたえ始めた。

「ま、魔素敗血症⁉　せっ、せせ、先生がですか⁉」

ジュリアはオロオロとした後、僕のそばにやってきて腕を掴《つか》んできた。

「え⁉　な、何⁉　ど、どうしたの⁉」

「どうしたもこうしたもありませんわ！　今すぐわたくしの屋敷にいらっしゃいまし！　すぐに王国中から名医をかき集めますので！」

「うぇっ⁉」

「ご安心ください！　わたくしが人生とヴィスコンティ家の名に懸けて、必ず先生の病を治してみせます！」

「ちょちょ、ちょっと待って！　ジュリアにそう言ってもらえるのは嬉しいけど、大丈夫だから！」

全力で拒否してしまった。

そんなことのために人生とヴィスコンティ家の名前を懸けないでほしい。

どうやらジュリアは魔素敗血症についてあまり知らなかったようなので、簡単に説明することにした。

命に関わるようなものではないことと、静かな場所で栄養のあるものを食べて療養していれば症状は落ち着くこと。

それを聞いてジュリアはホッとした表情で腰をおろした。

「……でも先生が病気だったなんて、全く気づきませんでしたわ」

「僕も医者に診てもらってわかったくらいだからね」

「先生のことなら何でも知っているという自負がありましたのに」

「…………」

なんだかすんごく誤解を生んじゃう表現だけど、わからなくもない。

ジュリアはこんなふうにちょっと危うい性格だけど、教室では一番の優等生で魔法に関する意欲も高く、授業以外でも一緒にいることが多かった。

だから僕としても「ふたり目の妹」みたいな感覚があったんだよね。

「ねぇジュリア、学校に戻らない？」

だからこそ、ジュリアの将来に不安を覚えてしまった。

「キミは才能あふれる将来有望な魔導士の卵だ。こんなところにいていい子じゃない。すぐに学校に戻って、退学を取り消すべきだよ」

「先生がお戻りになるのでしたら」

「いや、僕は……」

「そうですか。先生がお戻りにならないのであれば、わたくしも戻るつもりはありません」

ツンとした表情でジュリアが即答する。

ため息をひとつ。

こうなったジュリアは聞く耳を持たないからなぁ。

そういえば、似たようなことが前にもあったっけ。

放課後に苦手な身体能力強化系の《火属性》魔法を練習したいとお願いされたときだ。

今からだと夜になっちゃうので明日からにしようと帰宅を促したけど頑として聞かず、ご両親に了承を得て泊まり込みで訓練をすることになった。

そんなふうにジュリアが魔法に熱心なのは、彼女のお姉さんの存在があったからだ。

魔導士の名門ヴィスコンティ家屈指の才能を持つ「天魔」の魔導士シオン・ヴィスコンティ。

直接会ったことはないけれど、黒竜を討伐した功績は僕も知っている。

そんなお姉さんに子供の頃から劣等感を抱いてきたジュリアは、常に一番になることにこだわってきた。

学校を辞めて僕を追いかけてきたのも、それが理由だろう。

ジュリアを無理やり学校に戻す方法はいくらでもある。

幻術魔法でジュリアを眠らせて、無理やり馬車に押し込めばいい。

だけど、それではジュリアの熱意に水を注ぐことになる。

ここまでやる気のある生徒を邪険にするなんて僕にはできない。

彼女の将来のために、できることをやってあげよう。

「とりあえず、ジュリアのご両親に迎えに来てもらうよう手紙を送るよ。きっと心配しているだろうしさ」

「で、でもロイド先生、わたくしは――」

「わかってるよ。今から手紙を出しても、ロット村に到着するまで結構な時間がかかる。だから、それまで臨時で僕が魔法の授業をするよ。カリキュラムに遅れが出たらマズいしね」

「ほ、本当ですか⁉」

今にも泣き出しそうだったジュリアの顔に、ぱぁっと笑顔の花が咲いた。

ここまで喜んでもらえるのは、教える側としてもやっぱり嬉しいな。

それに、村で魔法教室を開こうかなって思ってたところだし、ちょうどいい。

「で、でもロイド先生のお体は大丈夫なのですか？」

「できる範囲でやるから平気だよ」

「そうですか……でも、ロイド先生の体調を第一に考えてくださいまし」

ジュリアが不安げに続ける。

元々無理をするつもりはないのだけれど、そう言ってくれるならこちらとしてもありがたい。

——と思ったのだけれど。

「それでは、早速今から授業をお願いしますわ」

「ごめん、明日からでもいい？」

さっきの僕の体を気遣ってた言葉はどこにいっちゃったのかな。

まぁ、一週間くらいの長旅で授業が遅れてるのは理解してるけどさ。

というわけで、ひょんなことから僕はロット村で臨時の「新ロイド教室」を開くことになったのだった。

＊＊＊

翌日。

朝一番に家にやってきたジュリアと一緒に庭の納屋に向かった。

昨日はジュリアに村の宿屋で旅の疲れを取ってもらい、僕はピピンに手伝ってもらって急いで教室の体裁を整えることにした。

ピピンに納屋の掃除をしてもらっている間に、木こりのラウさんに相談したところ使い古しの机や椅子を提供してもらえたのは幸運だった。

「すぐに新品を用意するのでそれまで我慢してくださいね」と言われたけれど、綺麗だったしこれで十分いけると思う。

「本日の授業は《闇属性》魔法の訓練でしょうか？」

久しぶりの授業だからか、興奮気味にジュリアが尋ねてきた。

「そうだね。アカデミアで《火属性》の実地訓練までやってたから、次は《闇属性》の講義だね。まずは座学で属性について話して、それから——」

納屋の入り口を開けてギョッとしてしまった。

納屋……いや、教室の中にふたりほどの人影があったからだ。

青い髪の男の子と、黒いくせっ毛の女の子。

羊飼いのトンタくんに、宿屋の一人娘のララちゃんだ。

「あっ、ロイド様！」

「こっ、こんにちは……」

ふたりは慌てて席を立つと、頭を下げた。

「ええと、ふたりともどうしたの？」

「ラ、ラウさんからロイド様が魔法教室を開くと聞いたので、私たちも参加できないかなと思って……」

「え？　参加？　トンタくんも？」

「うん。実は俺も魔法に興味があってさ……」

トンタくんが少し恥ずかしそうに鼻をかく。

ちょっと驚いてしまった。

ララちゃんが魔法に興味あるのは知ってたけど、まさかトンタくんまで。

でも、魔法に興味を持ってくれるのは素直に嬉しいな。

「だ、駄目かな？」

「いやいや。もちろん構わないよ。魔法に興味がある生徒は大歓迎だ。後でララちゃんにも声をかけようと思ってたところだし」

「ほ、本当ですか⁉　やった……っ！」

ララちゃんが嬉しそうに頬を紅潮させる。

こんなに喜んでくれるなんて、やっぱりやってよかったな。

「残念ですわ」

だけど隣のジュリアは不満顔。

「せっかくロイド先生とふたりっきりで授業ができると思いましたのに……」

「ん？　今、何か言った？」

ジュリアが何か言ったような気がしたので尋ねたけど、彼女は顔を真っ赤にしてプイッとそっぽを向いてしまった。

「な、なんでもありませんわ！」

え？　怒ってる？

何か失礼なこと、言っちゃった？

＊＊＊

とりあえず三人には机についてもらい、魔法の基礎から話すことにした。

ジュリアには悪いけど、《闇属性》の座学の前にララちゃんたちにはそこから知ってもらわないとね。

「ちょっと変な話から入るけど、魔法というのは五人の神様がこの世界を作ったときに残した秘術とされているものなんだ」

「本当に変な話から入るんだな」

トンタくんが呆《あき》れたような顔をする。

「ごめんね。だけどこれが結構重要なんだ。五人の神が作ったものだから、魔法は全部で五つの異なる概念を持ってるってわけ。火・水・木・闇・光の五属性なんだけど……ちょっとは聞いたことがあるかな？」

「……あ、あります！」

元気よく手を挙げたのはララちゃん。

一方のトンタくんはつまらなさそうにあくびをしている。

対照的な反応でなんだか面白いな。

「魔法は属性によって効果が全く違うんだけど、発動方法は一緒なんだ。『結果』を想像して、そこに行き着くまでのプロセスに必要なエネルギー……『魔素』を与えて発動させる。例えば、こんなふうにね」

指先をトンタくんに向けてから、彼がしゃきっと立ち上がる姿を想像し、魔素を注入。

「……うわっ⁉」

瞬間、トンタくんが勢いよく立ち上がり、ピシッと直立した。

「んな⁉　え⁉　なんスかこれ⁉　ロイド様⁉」

「これが育成を司る《火属性》の【操作術《コントラル》】の魔法だよ。対象の体を操作することができるんだ」

「うえぇ⁉　凄い！」

ピシッと直立したまま、驚嘆の声をあげるトンタくん。なんだか可愛い。

だが、そんなトンタくんを見て、ララちゃんが恐々《きょうきょう》とした顔をする。

「体を操作するって、少し怖い魔法ですね」

「それほど怖がる必要はありませんわ」

ジュリアが自信満々に答える。

「ここまで対象を自由に操れるのは、ロイド先生くらいです。並みの魔導士では、動きを止める程度のことしかできません」

「そ、そうなんですね！　ロイド様、凄い……」

「ええ、ロイド先生は天才教師にして大賢者ですから」

「…………」

何だかむず痒《がゆ》くなってきた。

そんなに褒めまくらないでくれるかな。

「と、ところでララちゃんはどんな魔法に興味があるの？」

「わ、私ですか？　えぇっと……あまり危険じゃない魔法がいいかな？　他人に怪我をさせるようなものは怖いですし」

「危険じゃない魔法か」

嗜好《しこう》は魔法適性に関係していることが多い。

例えば一番になることにこだわり、他人を力で屈服させる魔法が好みだと言っていたジュリアは、消失を司る《闇属性》魔法に適正があった。

ララちゃんは《闇属性》魔法とは真逆の属性に適正があるかもしれないな。

「よし。それじゃあ、ララちゃんは後で《木属性》と《光属性》の魔法を試してみようか」

「木……光……？」

「そう。《木属性》は生命を司る属性で、新たに命を与えたり変化させたりできるんだ。例えば、使い魔を召喚したり対象を全く別の生き物に変化させたりね」

「す、凄い！」

「《光属性》は単純で、製材所で僕が使ったような治癒魔法が使えるよ」

「あっ、あれですね。傷を治癒する魔法っていいな……」

「そう？　だったら《光属性》に適正があるかもしれないね」

全五属性の中で、日常生活で一番役に立つのが《光属性》だ。

病気を治療することはできないけれど、ちょっとした怪我なら薬を使う必要なく癒《い》やすことができる。

ロット村みたいな場所では重宝されるに違いない。

「ちなみに俺は《火属性》だと思うよ、ロイド様」

声をかけてきたのはトンタくんだ。

「魔法属性のこと、知ってたの？」

「あ、いや、詳しい知識はないんだけど、俺、さっきロイド様が使った【操作術】に似た【羊使い《シービス》】って魔法が使えるんだ」

「【羊使い】……ああ、なるほど。羊を操るための魔法か」

名前は違うけど、多分、簡易的な【操作術】だろう。

知能が低い生き物であればより簡単に操作することができるし、羊飼いみたいな仕事をしている人にはぴったりだ。

しかし、すでに魔法が使えるなんてトンタくんには魔法の才能があるのかもしれないな。

これは意外な発見だ。

「で、お姉ちゃんは何か魔法が使えるのか？」

トンタくんが興味深げにジュリアに尋ねた。

「……お姉ちゃん？」

ジュリアは冷ややかな視線をトンタくんに向ける。

「馴れ馴れしくしないでくださいまし。わたくしは、魔導士の名門家ヴィスコンティ家の次女、ジュリア・ヴィスコンティ。あなたのような『子猿』が気軽に声をかけていい相手じゃありませんことよ？」

「こ、ここ、子猿⁉」

顔を真っ赤にしたトンタくんは、確かに子猿みたいで可愛い。

「……ぷっ」

いつもおとなしいララちゃんが、噴き出した。

「トンタが子猿……ふふ、確かに似てるかも」

「ちょ、ララ⁉　全然似てねぇし！」

顔を真っ赤にしたトンタくんがジュリアに詰め寄る。

「お、おい、テメェ！　今の発言は取り消せ！　俺は子猿なんかじゃねぇ！」

「お静かにしてくださいます？　ここは猿山じゃありませんわよ？」

辟易《へきえき》とした顔をしたジュリアが小指を立てて、トンタくんへと向ける。

瞬間、ドスンと重りがのしかかったかのように、トンタくんが地面に倒れこんだ。

「うげっ⁉　か、体が重い……っ！」

「あなた、わたくしが使える魔法を知りたいとおっしゃっていましたよね？　これがわたくしの得意とする《闇属性》魔法のひとつ、対象に圧力をかける【物理変動《アデプト》】ですわ。どう？　おわかりになりましたかしら？」

ジュリアがフンと鼻を鳴らす。

さすがはジュリア。一瞬でイメージして魔法を発動させるのは熟練者の証拠だ。

まぁ、【物理変動】を人間に使うのは褒められたものじゃないけど。

「はい、そこまで」

僕はすぐに守護を司る《水属性》魔法の【魔法消失《イレイズ》】を発動させ、ジュリアの【物理変動】を中和させた。

「んがっ⁉　重いのが消えた⁉」

「僕が消したよ。魔法には強弱関係があるんだ。ジュリアが使った《闇属性》は僕が使った《水属性》に弱い。だから魔法効果が消えたんだけど……まぁ、そこらへんを覚えるのはもっと後でいいかな」

今話しても、こんがらかるだけだしね。

「しかし、相変わらずキミの魔法は一級品だね、ジュリア」

「……っ⁉　ほ、本当ですか⁉」

「だけど、むやみに他人に使ってはいけないって教えなかったかな？　特に《闇属性》は危険な魔法だ。使いどころを間違えば大怪我につながる」

「……っ！　そ、そうでした。申し訳ありません」

「トンタくんにもちゃんと謝ってね。同じ教室の仲間なんだし」

「は、はい」

ジュリアがしゅんとうつむく。

「ト、トンタさん、申し訳ありませんでした。どうかお許しください」

「え？　あ、いや、別に……俺もムキになりすぎたっていうか……」

トンタくんも驚いている様子だった。

まさか貴族のご令嬢が、平民の自分に頭を下げるなんて思ってもみなかったのだろう。

ジュリアはプライドが高くて喧嘩《けんか》っ早いところがあるけれど、言って聞かせればちゃんとわかってくれる素直な子なんだよね。

だから僕のアドバイスをちゃんと聞いてくれて、驚くくらいに魔法の技術が伸びている。

ジュリア自身はまだまだと思ってるけれど、お姉さんのシオンさんに劣らないくらいの力があると思う。

「だ、大丈夫？　トンタ」

「……う、うん。ありがと」

ララちゃんに助けられ、トンタくんが立ち上がる。

勢いよく倒れたからか、トンタくんの膝が少しだけ擦りむいていた。

「よし。ララちゃんも魔法実践をやってみようか」

「……え？　実践？」

「そ。《光属性》の魔法をやってみようか。前に僕が使った【裂傷治癒】で、トンタくんの膝の傷を治してみよう」

「……っ！　わ、わかりました！」

ララちゃんがフンスと鼻を鳴らしてトンタくんの膝に手を添えるが、すぐに困惑した顔で僕を見た。

「あ、あの……どうやって魔法を発動させればいいんでしょう？」

「イメージするんだよ。トンタくんの膝の傷が消える姿を想像して、そこに青くて冷たい水を注ぐイメージをしてみよう」

青くて冷たい水というのが魔素のイメージ。

それをやるだけで勝手に魔素が注入されるのだ。

「……傷が治るイメージ……そこに、青くて冷たい水を注ぐ……あっ」

ポウッとトンタくんの膝が青白く光ったかと思うと、みるみる擦り傷が消えていった。

「す、凄い！　傷が消えた！」

「すげぇ！　ララが魔法を使ったぞ!?」

「………………」

アドバイスをしておきながらなんだけど、僕も驚いてしまった。

全くの初心者が最初の実践で魔法の発動に成功するなんて、あり得ないことだった。

ナーナアカデミアで十年魔法を教えてきたけれど、一回目で魔法に成功した生徒は、片手で数えるくらいしかいない。

魔法の才能にあふれているジュリアでも、魔法に成功したのは三回目だった。

これはジュリアにいいライバルが現れたかな？

そう思ってジュリアを見たら、案の定、悔しそうに唇を噛《か》みしめていた。

「な、なかなかやりますわね。ララさん？」

余裕の笑みを浮かべるが、明らかに顔が引きつっている。

「ただ、ロイド先生に魔法を教わり始めたのはわたくしが先……つまりわたくしが先輩ですわ！　そこだけはお忘れになりませんようお気をつけくださいまし！」

「は、はいっ！」

思わず笑ってしまった。

対抗意識を燃やすのはいいことだけど、変なところにこだわるんだなぁ。

＊＊＊

新ロイド教室第一回目の授業を行った次の日。

早速第二回目の授業を——と思ったけれど、今日はお休みになった。

ララちゃんとトンタくんが家の仕事を手伝うことになったからだ。

なので午前はジュリアの自主練習を見て、午後からはお弁当を持ってのんびり湖のほとりを散歩しようと考えている。

ついでに森まで足を伸ばして薬草を採取しておこうかな。

魔素敗血症の抑制ポーションの在庫が切れかけていて、錬金して作る必要があるんだよね。

エンセンブリッツを出発するときにポーションを買い溜めしておこうと思ってたんだけど、

すっかり忘れてた。

「……そういえば、ララちゃんが薬草採取が得意って言ってたな」

リビングで朝食のライ麦パンをかじりながらふと思い出した。

家の手伝いというのも薬草採取だって言っていたし、一緒に行っちゃうってのも手かもしれないな。

「なるほど。薬草採取ですか」

僕の隣に座っているジュリアが優雅にコーヒーを口に運んだ。

「魔素敗血症の抑制ポーションをお作りになるのですね」

「よくわかったね。その通りだよ。というか、何でコーヒー飲んでるの？」

「え？　ご令妹様に淹れていただいたからですが？」

そりゃそうだろうね。

わざわざウチに来て、自分でコーヒー淹れたりしないだろうし。

「そういう意味じゃなくて、どうしてウチでコーヒーを飲んでるのかってことだよ。キミ、ララちゃんのとこの宿屋に部屋借りてるでしょ？」

「自主練前のエネルギー補給ですわ。先日いただいたご令妹様の淹れたコーヒーが美味しくって。この味は一流バリスタでもなかなか出せません」

「……あ、そう」

まぁ、別にいいけどさ。

というか、そのセリフ、ピピンが聞いたら泣いて喜ぶだろうな。

上流階級のジュリアお墨付きという名目でエンセンブリッツでお店を出したら売れそうだ。

「そんな話よりも、薬草採取にはわたくしもご一緒いたしますわ、ロイド先生」

「え？　キミも？」

「はい。森には危険なモンスターもいるでしょうし」

「いやまぁ、いるとは思うけど大丈夫だよ。魔素敗血症で魔素量が減ってるとはいえ、そこら辺のモンスターに遅れをとることはないから」

五華聖が倒した魔王レベルの相手は無理だけど、こんな田舎に住んでいるモンスターくらい、どうってことはない。

「違います」

ジュリアは少し呆れたように言う。

「万知の魔導士と呼ばれているロイド先生の実戦を見られるなんてそうあるものではありません。一番近い場所で勉強させていただきたいのです」

「ああ、そういうことか」

確かに学校で実戦的なことをやるのは中間テストと期末テストの「模擬戦」と、学園祭の「教室対抗戦」くらいだからなぁ。

実戦に勝る学びはないいって言うし、近くで見てもらうのはジュリアにとっていい経験になるかもしれない。

「わかった。それじゃあ、自主練は中止にして一緒に森に行こうか。モンスターに遭遇せずに、ただ薬草を採るだけになるかもしれないけど」

「本当ですか⁉　嬉しい！　朝からロイド先生と森でデートができるなんて！」

「そうだね、デートを――え？　デート？」

あれ？　そんな話、してたっけ？

確か薬草採取……だったと思うけど？

「お、お兄様！」

首をかしげていると、リビングに女性の声が響く。

どたどたと慌ててピピンが走ってきた。

「たた、大変です、お兄様っ！」

「ど、どうしたのそんなに慌てて」

キッチンにゴキブリでも出た？

「フーシャ様がお兄様に急ぎで頼みたいことがあるとおっしゃっていて！」

「……え？　フーシャさん？」

なんだろう。

ピピンの慌てっぷりを見た感じ、一大事っぽいけど。

「というか、何があったの？」

「そ、それが、なんでも森にモンスターの群れが現れたらしく、どうかお兄様のお力をお借りできないかと……」

「なんと！」

喜色《きしょく》の声をあげたのは、ジュリアだ。

「それはグッドタイミングですわ、ご令妹様！　まさに渡りに船！　干天《かんてん》の慈雨《じう》！　是非わたくしたちにお任せあれですわ！」

「……ふぇ？」

ピピンがキョトンとした顔をする。

一方の僕は苦笑い。

まぁ、そんな顔になっちゃうよね。

というか、このタイミングでモンスターが現れただなんて、ちょっとお膳立てがすぎませんかね？

いや、ジュリアの勉強のためだから別にいいんだけどさ。

＊＊＊

ジュリアと向かったのは、村にある衛兵詰所だった。

ピピンに話を聞いたところ、フーシャさんは村の衛兵さんたちと一緒に森に現れたというモンスター対策を練っているらしい。

ロット村には領主様から派遣してもらっている衛兵さんがふたり駐在していて、村の治安を守る仕事をしている。

まぁ、仕事と言っても、もっぱら村人たちのお悩み相談や喧嘩の仲裁みたいなものばかりらしいけど。

とはいえ彼らの存在はとても重要で、「この村は領主様の庇護《ひご》を受けている」という証明になり、外部脅威に対する抑止力になっているのだ。

「衛兵は嫌いな人種ですわ」

村の門のそばにある小さな見張り塔——。

その一階にある詰所の前で、ジュリアが心底嫌そうな顔をしていた。

その気持ちはわからなくもない。

領主様という強力な後ろ盾があるためか、衛兵の中には横暴な者も多い。

エンセンブリッツの衛兵も汚職にまみれたお金に汚い連中ばかりで、犯罪組織ともつながっている……なんて噂もあったくらいだ。

こっちの衛兵さんはどうなんだろうか。

「失礼します」

戸を開けると、鉄の胸当てを着けた男性がふたりとフーシャさんがいた。

衛兵さんのひとりは白髪交じりの中年で、もうひとりは若い見た目。

多分僕よりも若いんじゃないかな？

「おお、ロイド様」

僕に気づいたフーシャさんが席を立ち、頭を下げた。

「療養中なのに申し訳ありません」

「いえいえ。村のためになるのであれば、助力は惜しみませんよ」

「そう言っていただけるとありがたいです」

目尻に深いシワを作るフーシャさん。

魔法教室の立ち上げに協力してもらったし、僕にできることなら手助けしてあげたいからね。

「あなたがロイド様ですか」

フーシャさんに続いて、中年の衛兵さんが席を立った。

体格は僕のふたまわりほど大きくて、顔には傷がいくつもある。

もしかすると騎士団あがりなのだろうか。

少しだけ身構えてしまった。

騎士団あがりの衛兵はプライドが高い人が多い。何か妙な言いがかりでもつけられないかと警戒してしまったが――。

「お初にお目にかかります」

予想に反して、彼は深々と頭を下げた。

「私、領主ヘリクセン様よりロット村の守護を命じられておりますボルトンと申します。こっちはケインです」

「はっ、初めまして！」

ガタッと椅子を鳴らして立ち上がるケインさん。

緊張からなのか、幼さがまだ残っているその顔は酷くこわばっている。

カチコチに固まっているケインさんをよそに、ボルトンさんが続ける。

「大賢者ロイド様のお噂はロット村に派遣される以前から耳にしております。かの有名な勇者五華聖に魔法を教えていらっしゃったとか」

「えっ……？」

「おや？　違いましたか？」

「あ、いやその通りですね……だいぶ前の話になりますけど。あはは」

びっくりしてしまった。

僕が五華聖の先生をしていたことは一部の関係者しか知らないはず。

以前から知ってるって、どこで耳にしたんだろう？

「ぼ、僕、ロット村がロイド様の故郷だと知って志願したんです！」

興奮気味に声をあげるケインさん。

なんでもエンセンブリッツで育ったケインさんは、魔王討伐から凱旋したときのパレードで五華聖を知ったらしい。

それで、五華聖を調べるうちに彼女たちがナーナアカデミアのロイド教室の卒業生だということがわかったとか。

なるほど。ボルトンさんが僕のことを知っていたのは、事情に詳しいケインさんがいたからか。

「あの、後で握手をしてもらってもいいでしょうか？」

「あ、はい。構いませんよ」

「本当ですか⁉　やった！」

ううむ。なんだか調子が狂うな。

こんなフレンドリーな衛兵さんは初めてだ。

教師の傍らモンスター討伐にも駆り出されたりしていたからか、エンセンブリッツの衛兵さんたちには「自分たちの仕事に首を突っ込む邪魔者」みたいな扱いをされてたんだよね。

隣のジュリアも困惑している様子。

ボルトンさんたちにジュリアのことを紹介して――もちろん、ヴィスコンティ家のご令嬢だということは秘密にして――話を本題に戻すことにした。

「それで、森に現れたというモンスターの件ですが」

「ああ、申し訳ありません。話がそれてしまいましたね」

ボルトンさんがバツが悪そうに頭を掻《か》いた。

彼に促され、テーブルにつくとフーシャさんがそっと口を開いた。

「つい先程、森に入った木こりたちから『水晶狼《クオーツウルフ》』の群れがいたと報告がありまして」

「……クオーツウルフ、ですか」

クオーツウルフは狼型のモンスターで、魔素が含まれる水晶を好んで食べているため、そう呼ばれている。

白銀の体毛に覆《おお》われている美しい見た目の狼だが、消失を司る《闇属性》の魔法を使う非常に危険なモンスターだ。

まぁ、対抗手段を持たない人間にとっては危険というだけで、僕だったら問題なく処理できるんだけどね。

「それで衛兵のボルトンさんたちに対処をお願いしたのですが、モンスター退治は専門外らしくて」

「でしょうね。モンスター退治は騎士団の仕事ですし」

モンスターが出没した場合、領主様に手紙を出して騎士団を動かしてもらうというのが一般的。

だが、依頼したところで騎士団もすぐに動けるというわけではない。派遣されるのは早くても数ヶ月後になる。

急を要する場合、自前で傭兵《ようへい》を雇って対処する場合もあるけれど、べらぼうな報酬を支払う必要が出てくる。

時間を取るか、お金を取るか。

モンスター退治にはそのどちらかが常につきまとう。

フーシャさんはため息交じりで続ける。

「領主様に依頼を出そうにもモンスターは村のすぐ近くまで来ていますし、かといって傭兵さんを雇うお金もなく」

「なるほど。そこで僕に白羽の矢が立ったというわけですね」

「はい。本当に心苦しいのですが……」

「いえいえ。頼ってくれて嬉しいですよ」

そう答えると、フーシャさんはほっと安堵《あんど》したような表情を浮かべた。

ジュリアがそっと尋ねてくる。

「あの、ロイド先生?」

「ん？　どうした？」

「クオーツウルフは危険なモンスターだと聞いたことがあります。わたくしも一緒に戦った方がよいのでは？」

「いやいや、大丈夫だよ。全盛期から程遠いとはいえ、クオーツウルフに遅れを取るほど老いぼれちゃいないからね。キミは予定通り見学しててよ」

ナーナアカデミアの教師は教鞭を執る以外に、学校やエンセンブリッツ周辺の治安を守るという大切な仕事もある。

野外授業として街の外に出ることもあるため、騎士団と共同でモンスター退治をすることも少なくないのだ。

故に、魔法教師には実戦経験が豊富な人間も多い。

僕もそのひとりだ。

「ロ、ロイド様！」

詰所に慌てた声が響いた。

血相を変えて詰所に駆け込んできたのは、宿屋の店主をやっているララちゃんのお父さんとトンタくんだった。

「モンスターの話を聞いたんだけど、ララが！」

「ララちゃん？」

「ララが森に入って薬草採取をしているんだ！　モンスターが出たんなら、早く助けに行かないと！」

「……っ!?」

そうだ。すっかり忘れていたけれど、ララちゃんが家の手伝いで森に入っているんだった。

多分、クオーツウルフを見たという木こりさんと入れ違いで森に入ってしまったんだろう。

失敗した。やっぱりララちゃんと一緒に薬草採取に出るべきだったか。

「彼女が森に入ったのは？」

ララちゃんの父親に尋ねた。

「あ、え、ええっと……一時間くらい前です！」

結構な時間が経っているな。

「いつも彼女が薬草採取をしている場所をご存知ですか？」

「詳しくはわかりませんが、森の奥に採取スポットがあると聞いたことがあります。いつも二時間くらいで戻ってくるので、村に近い場所ではないと思うのですが……すみませんロイド様。どうか娘を助けてください」

「もちろんです。任せてください」

「あ、ありがとうございます！」

ララちゃんの父親が僕の手をギュッと握りしめる。

とはいえ、状況はそう楽観視できない。

二時間で村に戻ってくる計算だと、ここから三、四十分ほど歩いた場所になる。森のかなり深い場所だ。

ララちゃんがクオーツウルフに遭遇していてもおかしくない。

急いで彼女を保護しないと危険だ。

「すぐに出発します。いいかい、ジュリア？」

「は、はい！」

「俺も一緒に行くよ、ロイド様！」

トンタくんが声を張り上げる。

僕は首を横に振った。

「いいやダメだ。危険すぎる。キミはここに残って――」

「森にはララとよく行くんだ！　だからロイド様たちを道案内できる！　それに……ララの身に危険が迫ってるってのに、ここでおとなしく待ってるなんて俺にはできない！」

真剣なトンタくんの眼差しに、返す言葉を失ってしまった。

ここで断ってもひとりで森に行っちゃいそうな勢いだ。

だったら道案内を頼んだ方が賢明か。

「わかった。道案内を頼むよ。トンタくん」

「……ありがとうロイド様！　任せてくれ！」

念のためモンスターが村の近くに来ないよう衛兵さんたちに見回りを頼んでから、僕たちはロット村を出発した。

＊＊＊

森をよく知るトンタくんに道案内をお願いしたけれど、この広い森の中でララちゃんを探すのは相当難しいと思う。

想定される場所を手当たり次第に回っていたら、あっという間に手遅れになる可能性がある。

なので、まずは「協力者」を募ることにした。

「……【操作術】？　って、昨日俺に使った魔法か？」

トンタくんが首を捻った。

「そうだよ。森の動物たちに【操作術】をかけて、ララちゃんの行方を探してもらうんだ」

「す、すげぇ……魔法ってそんなこともできるんだな」

他にも方法はあるけれど、森に詳しい動物たちなら短時間で見つけられる可能性があるからね。

近くにいる動物たちに手当たり次第【操作術】をかけていく。

リスやネズミなどの小動物や、カケスやホシガラスなどの鳥類。特に小動物たちは森にたくさんいるので彼らの情報網頼りだ。

魔法をかけながら森へと向かっていると、早速第一報が届いた。

二、三匹のリスが僕の肩に登ってきて、「森の中で人間を見た」という情報をくれたのだ。

「……キャラウェイの湖？」

リスが言うには、そこにララちゃんがいるらしい。

「トンタくん。キャラウェイの湖ってわかる？」

「もちろん知ってるよ！　ララとよく薬草採取に行く場所のひとつだからな！」

「ああ、キャラウェイってハーブのキャラウェイか」

確か料理に使ったり、ポーションの原材料になるやつだっけ。

腹痛や気管支炎を抑える効果があって、スパイスのクミンと似た形をしてるけど、ハッカの香りがするとか。

消化しにくい野菜料理によく使われているから、きっとお店で出すために採ろうと思ったんだろう。

「急ごうロイド様！　ここからだと二十分くらいかかる！」

「落ち着いてトンタくん。場所さえわかれば大丈夫。なにせこっちには魔法があるからね」

早速、《火属性》の【身体能力強化《フィジカルエンチャント》】を発動させる。

これはその名の通り、身体能力を強化させる魔法だ。

発動させたのは瞬発力の強化と持久力の強化のふたつ。これで普段より速く長く走ることができる。

「お、おおっ！　すげぇ！　体が軽くなった⁉」

体を動かして大喜びするトンタくん。

そんな彼を見て、ジュリアが呆れた顔をする。

「喜んでいる暇はないですわよ子猿さん？　急いで森に行かないとララさんの身が危ないですわ」

「……っ！　わ、わかってるよ！」

トンタくんはバツが悪そうに顔をしかめると、「遅れても待ったりしないからな！」と言い残して走り出した。

彼を追いかけてたどり着いた森には、異様な空気が流れていた。

その原因は、動物の気配がしないことだろう。

鳥のさえずりもなければ動物の息遣いもない。

まるで森が死んでしまっているような静けさ。

多分、クオーツウルフの群れが現れたことで森の動物たちが逃げてしまったのだろう。

異様な静けさに包まれた森を進んでいると、やがて開けた場所にやってきた。

「……ここがキャラウェイの湖だよ」

トンタくんが足を止めた。

森の中にぽっかりと空いた空間に美しい湖があった。

差し込む光が湖面に反射して、キラキラと宝石のように輝いている。こんな状況じゃなければ、お弁当を開いてのんびりしたくなるような場所だ。

「ロイド先生」

と、ジュリアの声。

「あそこを見てください」

ジュリアが指さした先に何かが落ちていた。

「……あれは、ポーチか」

それは肩掛けの部分がちぎれている小さなポーチだった。

中を開けてみると、小さなナイフやポーションが入っている。

「ララのだ」

トンタくんの声。

「このポーチ、いつもララが持ってるやつだよ」

不安が脳裏によぎる。

ポーチの肩掛けがちぎれているのを見る限り、ララちゃんはここでモンスターに襲われたと考えていいだろう。

周囲に血痕がないので怪我を負っているというわけではなさそうだけど、危険な状況であることに間違いはない。

早く保護してあげないと。

――と、そのときだ。

森の中に狼の遠吠えが響いた。

「せ、先生！」

「ああ、クオーツウルフだ」

間違いない。

その遠吠えから逃げてくるように、ララちゃんを探してもらっていた小動物たちがこちらに走ってきた。

彼らは一様に「この先にモンスターがいる」と訴えてくる。

クオーツウルフがいるということは、彼らに襲われているララちゃんもいるということだ。

「行こう！　この先にララちゃんがいる！」

動物たちを逃し、僕はモンスターたちがいる場所へと走り出した。

＊＊＊

湖からすぐの場所に、巨大な老木が倒れているのが見えた。

木々の隙間から差し込む光に照らされた巨木の上に女の子がいる。

黒髪のショートヘア。白いワンピース。薬草が入ったカゴを持ったララちゃんだ。

そしてその周りには、白銀の狼の群れ。

「ララッ！」

「……っ⁉　トンタ⁉」

「クソっ！　ララから離れろこの犬っころが！」

ララちゃんの姿を見たトンタくんが走り出す。

「トンタくん、待って！」

慌てて彼の腕を掴もうとしたが、少し遅かった。

僕の手をすり抜けたトンタくんを狙って、茂みの中から一匹のクオーツウルフが飛び出してきた。

まずい。このままじゃトンタくんがやられてしまう。

「……【風圧衝《ウィンドア》】！」

僕よりも先に魔法を発動させたのはジュリアだった。

強力な風を起こして対象を吹き飛ばす《闇属性》の魔法。

ジュリアの手のひらから放たれた凄まじい風が、トンタくんに襲いかかったクオーツウルフを弾き飛ばした。

「……っ⁉」

驚いたトンタくんの足が止まる。

「何をしているのですトンタさん！　早くララさんを連れて来なさい！」

「……あ、ああ！　ありがとう、お姉ちゃん！」

魔法で身体能力が強化されているトンタくんは、ララちゃんが待つ巨木の上へと身軽に飛び乗る。

「……申し訳ありません、ロイド先生」

と、ジュリアの声。

「静観していろと言われていたのに、つい手を出してしまいました」

「いやいや、助かったよ。ジュリアが動いてなかったらトンタくんが大怪我をしてた。あの一瞬で魔法を発動できるなんて、成長したねジュリア」

「せ、先生……っ」

今にも泣き出しそうなジュリアの頭をぽんと撫でる。

教え子の成長を間近で見られるなんて、教師冥利に尽きるな。

だけど、ここからは僕の番だ。

大切な教え子たちを全員、無事に村に連れて帰る。

「ロイド様！　ララは無事だ！　そっちに戻るぜ！」

トンタくんがララちゃんの手を握りしめ、こちらに向かって走り出す。

「ガガゥッ！」

だが、クオーツウルフも彼らを簡単に逃がすつもりはないらしい。

彼らの口が一斉に白く輝き始める。

魔素反応。先程ジュリアが使った【風圧衝】と同じタイプの魔法だ。

「そうはさせないよっ！【魔法障壁】っ！」

空気の弾がクオーツウルフの口から放たれた瞬間、魔法を防ぐ防御系魔法【魔法障壁】を発動させた。

トンタくんたちの体が青白く輝くと同時に、彼らの周囲に半透明の盾がいくつか現れた。

その盾と空気の弾がぶつかった瞬間、空気が大きく爆《は》ぜる。

「うわあっ!?」

「きゃあっ！」

ふたりの悲鳴が響いた。

だが――。

「あ、あれ？　なんともない……？」

ふたりに怪我はなく、クオーツウルフの魔法だけが跡形もなく消えていた。

よし、上手く相殺できたな。

「トンタくん！　早くララちゃんとこっちに！」

「え？　あ、うん！」

僕の声でトンタくんたちが走り出す。

再度クオーツウルフたちが魔法を放ったが、僕の【魔法障壁】がシャットアウトする。

「ロイド様っ！」

ララちゃんたちが僕の胸に飛び込んできた。

それでようやく安心したのか、恐怖で引きつっていたララちゃんの顔に安堵の表情が広がる。

「ロ、ロイド様、ジュリア様……ありがとうございます」

「いや、まだお礼を言うのは早いよ」

いつの間にかクオーツウルフが僕たちの周囲をぐるっと取り囲んでいた。

ざっと数えたところ、十匹ほど。

全員が牙をむき出しにして威嚇している。

ううむ。このまま逃してくれそうにはないな。

「……どうしますか先生？」

ジュリアがモンスターたちに睨《にら》みを利かせながら尋ねてきた。

「このままわたくしたちで対処しますか？」

「いいや、僕がひとりでなんとかするよ」

「……えっ？」

「僕の実戦を見たかったんだよね？」

キョトンとしているジュリアに笑顔を向ける。

この程度の数だったら問題ないけど……さて、どう処理しようか。

《闇属性》魔法で一気に殲滅《せんめつ》してもいいけれど、魔素消費が激しい。

となると、《水属性》の守護魔法で彼らの魔法を反射させて自滅させる作戦がいいかもしれない。

まず、頭の中で魔法を反射するイメージを作る。

そして、魔素を注入しようとしたとき――誰かが僕の腕を握ってきた。

「ロ、ロイド様！　彼らを殺さないでください！」

ララちゃんだ。

彼女は普段のおとなしい姿からは想像できないくらい、必死の顔をしていた。

「あ、あの子たちは食べ物を探しているうちにこの森に入ってしまっただけなんです！　人間に危害を加えるつもりはありません！　だからどうか……」

「でも、キミは彼らに襲われたんじゃ？」

「私がこれを持っていたからです！」

ララちゃんは持っていたカゴから黒い石を取り出した。

これは魔素結晶。

クオーツウルフが好んで食べる鉱石だ。

なるほど。クオーツウルフはこれが欲しかったわけか。

確かにララちゃんが言う通り、森にある魔素結晶で腹が膨《ふく》れればロット村が襲われることはないかもしれない。

だからといって彼らをこのまま放置しておくわけにもいかないけど。

「お、お願いします。ロイド様……」

「わかった。彼らに危害は加えない。だけど、ロット村を守るために少しだけ彼らに怖い思いをしてもらうよ？」

「え？　怖い思い？」

「でも、怪我をさせるようなことはしないから安心して」

ララちゃんをトンタくんに任せて、前に出る。

じりじりと近づいてくるクオーツウルフたちに向けて、魔法を発動させた。

僕の手のひらが輝き、薄暗い森の中が真っ白に飛ぶ。

「……キャン⁉」

次の瞬間、クオーツウルフたちに異変が起きた。

周囲をおろおろと見渡し始めたかと思うと、何かに怯《おび》え出した。

そして、しばらく僕たちの周りをウロウロとさまよった後、蜘蛛の子を散らすように森の中に消えていった。

「え？　え？」

そんなモンスターたちを見て、目を丸くしたのはトンタくんだ。

「な、何が起こったんだ？」

「す、凄いですわ！　今の魔法は《光属性》の【幻惑術《テンポラリ》】ですね、先生！」

さすがはロイド教室一の秀才ジュリアだ。

今ので僕が何を発動させたのかわかったらしい。

「そうだよ。【幻惑術】で彼らにとって一番怖いものを見せて追い払ったんだ。何が見えたのかは彼らにしかわからないけど」

もしかすると蘇った魔王に怒られたのかも？

でも、それくらい怖がってたよね。

「ロイド様すっげぇ！　マジのマジでいろんな魔法が使えるんだな！」

「一応言っておきますけどトンタさん？　これほどの高レベル魔法を複数属性に渡って使えるのは、世界を探してもロイド先生だけですからね？　そこはお忘れなく！」

「はぇ～……よくわからんけど、凄いんだな！　なんでお姉ちゃんがドヤってるのかわからねぇけど！」

トンタくんの言葉に深く賛同してしまった。

まぁ、大立ち回りとはいかなかったし【幻惑術】の使用方法としては教科書に載るレベルの基本的なことだけど、ジュリアの勉強にはなったと思う。

ロット村に戻る前に、《水属性》魔法の【魔法結界《バリアブル》】を使って森の中に結界を張ることにした。

僕が禁止した対象が入れなくなる結界だ。

禁止する対象は、もちろんクオーツウルフ。

魔法の効果は永続じゃないけど、結界で森の中に入れないとわかればクオーツウルフも近づいてはこないはずだからね。

＊＊＊

「ララ！」

「……っ！　お父さん！　お母さん！」

ロット村の入り口で待っていた両親を見て、ララちゃんが駆け出した。

「ああ、ララ……よかった」

泣きながら抱き合うララちゃんたちを見て、ようやくホッとひと安心。

大きな怪我もなく無事に戻ってこれてよかった。

「ロイド様、なんとお礼を言えばよいか……」

そんな彼女たちと入れ替わるように、衛兵のボルトンさんたちがやってきた。

「我らに代わり、ララさんを救ってくれたことに感謝いたします」

「気にしないでください。こういうのは得意な方なので」

「これだけのことをやって全く慢心のかけらもないとは、さすがは『万知の魔導士』と呼ばれている大賢者ロイド様だ」

畏敬の念に打たれたような笑顔を覗かせ、ボルトンさんが続ける。

「それで、森のモンスターは？」

「追い払ったので危険はないですよ。森に強力な結界を張りましたので、彼らがロット村に近づいてくることはないと思います」

「け、結界!?　す、凄い！」

語気を強めたのはケインさんだ。

その目は爛々《らんらん》と輝いている。

結界魔法は別に珍しいものでもないんだけど、これは後でいろいろと質問攻めされるかもしれないな。

「本当にありがとうございました、ロイド様」

そんなことをボルトンさんたちと話していると、今度はフーシャさんがやってきた。

「あなたがいなかったら、ロット村はどうなっていたことか……」

「いやいや、僕の力だけじゃないですよ。モンスターを撃退できたのはジュリアとトンタくんがいたからです」

「え？　ジュリア様はまだしも、トンタが？」

「はい。ララちゃんを助けたのは彼ですから」

真っ先にララちゃんの元に駆けつけ、クオーツウルフの群れから救ったのはトンタくんに他ならない。

それに、トンタくんがいなかったらキャラウェイの湖に到着するまでもっと時間がかかっていたはずだ。

ララちゃんを救うことができたのは、トンタくんが協力してくれたおかげだ。

「そうでしたか。トンタ、よくやりましたね」

「い、いや俺は……えへへ」

「ジュリア様も本当にありがとうございます」

「ま、まぁ、これくらいどうってことないですわ。魔導士として当然のことをしたまでです」

スンと清ました顔をするジュリアだったが、にやけるのを必死に抑えているのか、頬がピクピクと動いている。

それを見て、つい笑ってしまった。

この子は本当に素直じゃないんだから。

「……あ、あのさ、お姉ちゃん」

そんなジュリアにトンタくんがそっと声をかける。

「な、なんですの？」

「いや、その、改めてお礼を言いたくて」

「え？　お礼？」

「あのとき、モンスターから俺を助けてくれてありがとう。お姉ちゃんがいなかったら、俺もララも無事じゃなかったと思う」

「……っ⁉」

ジュリアは頬を紅潮させてしばし目を瞬かせる。

「べ、別にお礼なんて言う必要はありませんわ。わわ、わたくしはナーナアカデミア時代からのロイド教室の生徒。つまりあなたの先輩ですもの。後輩の面倒を見るのも大切な役割です」

「俺、お姉ちゃんみたいに、村のみんなを助けられるような凄い魔法が使えるようになりたい！」

「ふぇ!?　わ、わたくしみたいな!?」

ついに顔を真っ赤にするジュリア。

彼女がこんな反応をするなんて珍しい。

きっと、そんなふうに言われるのは初めての経験なんだろう。

姉である天才魔導士シオンさんを見ながら育ったジュリアは、彼女に劣等感を抱いていた。

完璧なシオンさんと比べると自分は未熟な存在。

なのに、そんな自分のようになりたいなんて言われるなんて、まさに青天の霹靂《へきれき》だったんだろうな。

ジュリアがアカデミアを辞めてロット村に現れたときは、この子の将来はどうなるんだろうと不安になった。

だけど――もしかするとトンタくんやララちゃんの存在が、ジュリアをより成長させてくれるのかもしれない。

「あの……ロイド様」

フーシャさんがそっと声をかけてきた。

「折り入ってお願いがあるのですが」

「お願い？　なんでしょう？」

「正式にロット村で魔法教室を開いてはいただけませんでしょうか？」

「……え？　正式に？」

「魔法に興味を持っているララやトンタのような子供たちに、ロイド様のような立派な魔導士になってほしいのです。もちろん報酬はお出しいたします」

ちょっとびっくりしてしまった。

まさかフーシャさんの口から、「魔法に興味がある子供たちに魔導士になってほしい」なんて言葉が出てくるとは思わなかった。

ロット村に住んでいる人たちの多くが、村を一度も出ることなく一生を終えることになる。

ロット村で農園やお店をやって、毎年決められた税を領主様に納めるというのが生まれたときに決められた彼らの人生なのだ。

なのに、フーシャさんは「新しい道」を用意しようとしている。

なんだか嬉しくなった。

そんなフーシャさんやロット村のために、力になりたいと思った。

「わかりました。皆さんのためになるのであれば引き受けさせていただきます」

「ほ、本当ですか！　ありがとうございます！」

僕の両手を握りしめてくるフーシャさん。

と、そのとき一抹の不安が脳裏をよぎった。

嬉しくなって勢いで承諾しちゃったけど——ピピンに相談した方がよかったかな？

再三に渡って「療養を優先してくださいね」って言っていたからな。

でもまぁ、理由を説明してあげれば彼女も納得してくれるよね。

＊＊＊

「……あり得ませんっ！」

寝ぼけ眼でパンをかじっていると、ぷりぷりと怒っているピピンがリビングにやってきた。

「ど、どうしたの？」

「どうしたもこうしたもありません！　魔法教室の件ですよ！」

ピピンは頬を膨らませて続ける。

「お兄様は療養のためにロット村に戻られたのです！　なのに、正式にお仕事として魔法教室をやるなんて！　ピピンは絶対反対です！」

「…………」

またか。

ちょっとだけ呆れてしまった。

クオーツウルフ事件から二週間が経っているというのに、ピピンは毎日この調子なのだ。

いや、一番悪いのはピピンに相談なしに引き受けた僕なんだけどさ。

フーシャさんは僕の魔素敗血症のことを知っている。

だから「できる範囲で教室をやる」という了承を得ているんだけど、ピピンは未だに納得してくれていないのだ。

僕の体を第一に考えてくれているのは嬉しいんだけど、そろそろ折れてくれてもいいんじゃないかなぁ。

とはいえ、ピピンは口では「反対です」と言いながらも、教室の準備を手伝ってくれている。黒板を用意してもらうために雑貨屋さんや木こりのラウさんに交渉に行ってくれたり、教室を開く告知のための張り紙をしてくれたり。

本当にピピンには頭が下がる。

いつも無理ばっかり言ってごめんね。

そんなピピンに協力してもらって新しい生徒を募集しているのだけれど、未だに門を叩く子供は現れていない。

生徒はララちゃんとトンタくん。

それにジュリアの三人だけ。

——いや、ジュリアはエンセンブリッツに戻るので、ふたりになるのか。

「ん～、そろそろジュリアのご両親が来てもいい頃だと思うんだけどな……」

ヴィスコンティ家宛に手紙を出したのは一週間前。

エンセンブリッツからここまで馬車で一週間なので、そろそろ到着してもいい頃合いだと思う。

「失礼いたします」

などと考えていると、玄関から声がした。

向かった玄関先に立っていたのは、いかにも紳士然とした男性だった。

年齢は四十歳くらいだろうか。

刺繍《ししゅう》が入った黒のコートに、袖口飾りがついた綿のシャツ。

黒髪に顎髭《あごひげ》を蓄えた清潔感のある男性には、どこか見覚えがある気がする。

「ロイド・ギルバルト様はご在宅ですか？」

「ロイドは僕ですが……？」

「おお、あなたがロイド先生ですか」

男性はうやうやしく頭を下げる。

「お初にお目にかかります。私、エリオット・ヴィスコンティと申します」

「ヴィスコンティ……？　あ、もしかして」

「はい。ジュリアの父親です」

表を見ると、なんとも立派な馬車が停まっていた。

馬の息遣いが荒かったのでたった今到着したのだろうけれど——まさかヴィスコンティ子爵

様御本人がいらっしゃるとは。

こういうときって、使用人さんとかが迎えに来るもんじゃない？

ジュリアも庶民的だし、そういう部分は父親譲りなのかもしれないな。

「この度はロイド先生には大変ご迷惑をおかけしました。ジュリアがどうしてもロイド先生から魔法を学びたいと聞かずに飛び出してしまい……」

「いえ。迷惑だなんてそんな」

「しかし、魔法教室を開かれていらっしゃるのですね」

「……え？」

「先程、村長さんに伺いましたよ」

エリオット様が目を細める。

なるほど。ウチに来る前にフーシャさんに会ってきたのか。

「新しい門出にはいろいろと物入りでしょう。今回のお礼として、教室の運営資金をご援助いたしますよ」

「えっ⁉　し、資金⁉」

って、お金ってことだよね⁉

「そ、そんな、大丈夫ですよ！　教室の準備はほとんど終わっていますので！」

「そうですか？　それは残念ですね。ロイド先生が新しい教室を開かれるとあれば、ヴィスコンティ家をあげて最大限ご協力したかったのですが」

「あ、あはは、そのお気持ちだけいただきますよ。ありがとうございます」

笑うしかなかった。

だって子爵家の資金が入ったら教室をやることが義務になっちゃうし、魔導士資格が取れるようにちゃんと学校にしなきゃいけなくなる。

そんなことをやったらピピンの怒りが爆発しちゃうよ——と思って隣を見たら、やっぱりピピンが頬を膨らませてこっちを睨んでいた。

やらないってば。

「……あら、お父様？」

いつの間に家に上がっていたのか、リビングにジュリアがやってきた。

というか、この子は本当に我が家のようにウチを使ってるな。

「ごきげんよう。意外と遅かったですわね？」

「待たせてしまってすまないねジュリア。いろいろと手回しに時間がかかってね。村長さんにはもう話を通しているよ」

「ありがとうございます」

ジュリアがエリオット様から何かを手渡された。

それを見たジュリアは嬉しそうに顔をほころばせる。

何かの書状みたいだけど、何だろう？

「ねぇ、ジュリア、それって何？」

「ベッソーですわ」

「え？　ベッソー？」

「はい。ロット村にヴィスコンティ家の別荘を建ててよいことになりました」

「…………はい？」

声が裏返ってしまった。

ジュリアが見せてくれたのは、領主へリクセン様の印章が押された書状。

ざっと読んだところ、ロット村に家を建てることを許可するという内容が書かれていた。

どうやらエリオット様が言っていた「手回し」というのはこれのことらしい。

さすがは王国の中枢にまで影響力を持つヴィスコンティ家――というより、娘のためにわざわざ領主様に許可を取りにいったエリオット様が凄いのか？

そういえば、ナーナアカデミアにいたときも似たようなことがあったっけ。

自宅から学校までの通学に凄く時間がかかるからと、エリオット様に森を切り開いてもらって通学時間を短縮していた。

あの道は「ヴィスコンティロード」という名前で、今もアカデミアの学生たちに親しまれている。

しかし、どうしてロット村にヴィスコンティ家の別荘を？

避暑地にしては田舎すぎると思うけど。

「ねぇ、ジュリア。どうしてロット村にヴィスコンティ家の別荘を？」

「何故？　先生らしからぬ質問ですわね。わたくしが落ち着いて先生の授業を受けるために決まっているじゃありませんか」

「………………はい？」

本日二回目の大困惑。

落ち着いて授業を受ける？

え？　もしかしてジュリアってば――ロット村に住むつもりなの？

「今後ともご指導ご鞭撻《べんたつ》のほどよろしくお願いしますわ、ロイド先生」

「…………」

なんとも嬉しそうなジュリア。

ここ最近で一番目が輝いている気がする。

「あ、あの、本当によろしいのですか？」

念のため、エリオット様に尋ねた。

「ええ、もちろんですよ」

エリオットさんは躊躇《ちゅうちょ》することなく、にこやかに首肯《しゅこう》する。

「むしろ私たちもロイド先生にジュリアをお願いできればと思っております」

「で、でも、ここで開いている教室は正式な魔法学校ではないので、魔導士の資格を取ることはできませんよ?」

魔導士の資格を発行する魔法学校にするには、国に開校届けを出して魔導士協会に許可申請を通す必要がある。

僕の教室にいくら通おうとも、魔導士の資格を取ることはできない。

「構いませんよ。魔導士の資格はどこでも取れますから。でも、一流の知識は一流の教師の元でないと得ることはできません」

「一流の授業ならナーナアカデミアでも受けられるでしょう」

「ナーナアカデミア?　あそこは駄目ですな。先日行われた学園祭での旧ロイド教室の結果はご存知ですか?」

「い、いえ、知りませんけど……」

「そうですか。残念ながら酷い有様でしたよ。ナーナアカデミアはロイド先生が辞められてから三流以下になってしまいました」

え?　そうなの?

僕が学校を出てからひと月くらいしか経ってないけど、生徒の親御さんが断言しちゃうくらいの有様になってるのか。

「なので、どうかお願いします。ロイド先生」

エリオット様が深々と頭を下げる。

「私の娘に魔法を教えてやってください。それが私の望みです」

再び頭を下げられ、しばし考える。

ここで魔法を勉強することをジュリア本人だけじゃなく、エリオット様も望んでいる。

わざわざ別荘を建てるくらいだし、その本気度がうかがえる。

だったらこれ以上、僕があれこれと口を出すことじゃないのかもしれないな。

「……わかりました。エリオット様がそうおっしゃるなら、ジュリアさんをお預かりさせていただきます」

「本当ですか！　ありがとうございます！」

ほっとした表情をするエリオット様。

それを見ていたジュリアも、安心したように頬を緩めている。

それからエリオット様は使用人に指示を出し、馬車からどっさりと荷物を降ろしてまさに風のように颯爽《さっそう》と帰っていった。

なんでも、ジュリアの日用品だとか。

ジュリアは正真正銘のご令嬢だからいろいろと物入りだよね。

でもエリオット様、ひとつだけ言いたいことがあります。

ジュリアが今寝泊まりしているのはここじゃなくて村の宿屋ですよ。

「ロイド様！」

と、ひと通り荷物を運び終えた頃、トンタくんがやってきた。

その後ろにはララちゃんも。

「おはようございます、ロイド様」

「ああ、トンタくん、ララちゃん、おはよう」

「あれ？　なんか疲れてる？」

「まぁね……」

朝からいろいろあったからなぁ。

「ジュリアお姉ちゃんは嬉しそうな顔してるみたいだけど、何かあったのか？」

「なんでもありませんわ」

ジュリアがちらりと僕を見る。

「ですが……そうですね。強いて言うなら、今日はどのような授業が受けられるのか楽しみに思っているというところですわね」

「あ、それ俺も」

「わ、私もです！」

トンタくんとララちゃんが手を挙げる。

そんな彼女たちを見て、呆れ笑い。

やる気があるのはいいことだね。

「……よし。それじゃあ、今日も張り切って授業を始めようか」

「ええ！」

「おう！」

「は、はいっ！」

元気よく返事をする三人の生徒たち。

新ロイド教室の正式スタート。

まぁ、張り切ってやると言っても療養中の身だから無理をしないよう、のんびりとやりましょうかね。

幕間その一　ブライト校長の憂鬱

ナーナアカデミア学園祭。

毎年行われているこのイベントは「お祭り」と題されてはいるが、ただの催し物ではなく、魔法学校に通う生徒の将来を左右する非常に重要なものだった。

学園祭の一日目は、各教室が研究発表や出し物を行う和やかな雰囲気だが、最終日の二日目は雰囲気がガラリと変わる。

その理由が、生徒たちが魔法技術を競い合う「教室対抗戦」だ。

一年生から三年生までカテゴリー分けされた各教室の代表者三人が模擬戦のトーナメントを行い優勝者を決める、いわば魔法の競技大会。

魔法学校ではこういった模擬戦の大会を行うことが通例で、優秀な魔導士の卵を見つけようと、スカウトマンたちが熱視線を送る。

一三〇〇年の歴史を持つ魔法学校ナーナアカデミアの学園祭にはスカウトマンだけではなく、王室の人間や貴族たちが観覧に訪れることもある。

彼らの目に留まるような活躍をすれば将来は安泰。

さらに担任の教師も他校や国の機関から高待遇で声をかけられることもある。

ゆえに、ナーナアカデミアの教室対抗戦で上位成績を出すことは、生徒はもちろん、教師にとっても非常に重要なことだった。

「……ああ、クソっ」

校長室に向かうリンド・ハリーは焦っていた。

ロイド・ギルバルトに代わって旧ロイド教室を引き継いだリンドは学園祭で「新たな天才教師」として華々しくデビューする予定だった。

そう、予定だったのだ。

「ああ、リンド。ようやく来ましたか」

校長室へとやってきたリンドを見て、執務机に片肘をついた校長ブライト・ハリーは穏やかな表情で続ける。

「学園祭が終わりましたが、あなたの教室の成績はどうでしたか？」

「親父も知ってるだろ。あまり芳《かんば》しくなかったよ」

リンドは渋い表情で答える。

「なるほど。芳しくなかった、ですか……ふふ」

クツクツと小さく肩をふるわせるブライト。

刹那、彼は執務机を力任せに殴りつける。

「二十四教室中二十位というのは最悪の結果というのですよ、この愚か者めっ！」

「……っ」

その怒気にリンドはびくりと身をすくませてしまう。

それは予想外すぎる結果だった。

なにせ対抗戦に出場した生徒は、去年優勝した旧ロイド教室のメンバーからほぼ変わっていなかったからだ。

ジュリア・ヴィスコンティは休学扱いで出場できなかったが、他の生徒も彼女に勝るとも劣らない天才たちばかり。

なのに、二十位という成績は絶対にあってはならない結果だった。

ゆえに、リンドは焦っていた。

これでは新たな天才教師としてデビューするどころか、十年連続で学園祭優勝というとんでもない成績を残しているロイドの天才っぷりを証明したことになる。

「あなたは自分が何をしたのかわかっているのですか⁉　王室関係者の前で醜態を晒《さら》したのですよ⁉　あなたは偉大なハリー家の名にドロを塗った！」

「こ、こっちだって華々しくデビューする計画が水の泡になったんだ！　それに、この結果は俺のせいじゃない！　生徒たちの調子が悪くて――」

「対抗戦に向けて生徒の調子を整えるのも担任教師の仕事でしょう！」

リンドは返す言葉をなくしてしまった。

ブライトが言う通り、対抗戦本番に合わせて生徒たちのコンディションを整えるのも教師の立派な仕事なのだ。

技術と知識を与えてコンディションを整え、本番の模擬戦の戦況を見て的確なアドバイスを臨機応変に生徒たちに与える。

教室対抗戦は生徒と教師の連携が何より重要だった。

「お、親父は全部俺のせいだって言うのか？」

「当たり前でしょう！　現場監督官たるあなたの責任です！」

「いいや違う！　こんな結果になったのは……やる気がない生徒どもと、あんたのせいだ！」

「何を言っているのです⁉　責任を私になすりつけようなど――」

「だったらジュリアはどうした⁉　俺に『本番までに連れ戻す』って約束したよな⁉　なのに学校にすら姿を見せてないじゃねぇか！」

今度はブライトが口をつぐむ番だった。

去年、旧ロイド教室が対抗戦で優勝したときにはジュリアの姿があった。

ジュリアは魔導士の名門であり貴族でもあるヴィスコンティ家の次女。

天魔の二つ名を持つ天才魔導士シオンを姉に持ち、いわば天才であることを宿命づけられた存在だ。

そんな彼女がいれば、こんな無様な結果にならなかったはず。

それがリンドの主張だった。

「確かに連れ戻すとは言いましたが、確約をしたわけではありません！　それに、ジュリアがいない場合を想定しておくのもあなたの仕事でしょう⁉」

「ふざけるな！　万全の状態で試合に臨ませるのが親父の仕事だろ！」

お互いに責任をなすりつけ合い、醜い言い争いを繰り返す。

「……失礼しますよ」

と、怒号が飛び交う校長室に、男性の声が浮かんだ。

突然の来客にふたりはピタリと言い争いをやめ、そちらへと視線を送る。

入り口に立っていたのは、顎髭を蓄えたひとりの男性だった。

「エリオット様？」

「ごきげんよう、ハリー校長」

現れた男性、エリオットは悠然とした足取りでブライトの元へと歩いてくる。

彼の顔を知っていたリンドはごくりと息を呑《の》んだ。

エリオット・ヴィスコンティ。

名門貴族ヴィスコンティ家の当主にして、ジュリアの父親だ。

「まさかあなたのような方がいらっしゃるなんて驚きましたよ。どうなされましたか、エリオット様？」

「以前にお話しさせていただいたジュリアの件でお話がありまして」

「ジュリア様の件？」

ブライトはしばらく首を捻った後、「おお」とそのことに気づく。

「ようやく学校にお戻りになられるのですね？」

「ほ、本当ですか⁉」

リンドの顔にも笑みが戻る。

これは吉報だ。

学園祭は終わってしまったが、ジュリアが教室に戻れば来年の対抗戦で挽回《ばんかい》することもできる。

「いえ、そうではありません」

だが、エリオットは首を横に振った。

「ジュリアを学校に戻す件は忘れてください」

「忘れろ？」

ブライトは眉間に深いしわを寄せる。

「どういうことですか？」

「親として娘をここに戻すつもりはない、という意味ですよ」

エリオットは穏やかな表情でリンドを見る。

「先日、学園祭の教室対抗戦を拝見させていただきましたが……見ていられないくらい酷い結果でしたね、リンド先生？」

「……っ⁉」

ぎょっと目を瞬《またた》かせるリンド。

「対抗戦では教師の立ち回りも重要になります。状況分析に戦術選定、コンディションの管理。ですが、そのどれをとってもリンド先生はロイド先生に遠く及びません。そんな三流の教師に大切な娘を預けるわけにはいきませんよ」

「さ、さ、三流⁉」

思わずリンドが詰め寄る。

「エリオット様！　失礼ながら、その言葉の訂正を求めます！」

「訂正？　何故です？　私は事実をお伝えしたまでですよ？　リンド教室の二十位という最低の結果がその証拠でしょう？」

「……くっ」

顔をしかめるリンド。

娘も生意気だったが、親も親だ。

いや、ジュリアの生意気さは父親譲りなのか。

「……よろしいのですか、エリオット様？」

奥歯を噛みしめるリンドに代わり、ブライトが尋ねた。

「このままジュリア様が当校を退学すれば、技術だけではなく魔導士の資格取得も難しくなります。彼女の将来を思うのならば、今すぐナーナアカデミアに戻るべきで――」

「ご心配には及びませんよ。ハリー校長」

エリオットはブライトの言葉を遮る。

「ジュリアは今、一流の教師の元で一流の魔法を教わっていますので」

「一流の教師？　ナーナアカデミア以外のどこにそんな教師が？」

「いらっしゃるではありませんか」

エリオットは楽しそうに目を細める。

「あなた方が学校から追放した、超一流の魔導士ですよ」

「……っ⁉」

ブライトとリンドが同時に息を呑んだ。

ナーナアカデミアを追放した超一流の魔導士。

そこから連想されるのは、ひとりの男しかいない。

ロイド・ギルバルト。

五属性魔法に精通し、「万知の魔導士」という二つ名を持ちながら、数多くの優秀な教え子を輩出した天才教師――。

「ジュリアは今、彼の元で魔法を学んでいます。魔導士の資格なら規定年齢になったときにどこかの学校に入学させて取らせますよ。資格など、どうとでもなりますからね」

そう言って、エリオットは小さく頭を垂れる。

「私の用件は以上です。失礼しますよ、先生方」

しんと静まり返った校長室を、颯爽と出ていくエリオット。

リンドがようやく口を開いたのは、校長室の扉が閉じられた後だった。

「お、親父……ジュリアが魔法を教わっている一流の教師って、まさか……」

「…………」

ブライトは何も答えなかった。

ただ、校長室の扉を睨みつけたまま、生意気にも学園の改善策を提示してきた憎たらしいあの男の姿を思い浮かべていた。

第二章　最強の魔法教師、あやうく聖人にされそうになる

畑をやってみてはどうだ、と叔父さんに勧められた。

突拍子もない話だった。

なので、何か別の意味がある隠語かなと思ったけれど、文字通り地面を耕して野菜やら何やらを植えるアレのことだった。

いきなりの話でびっくりした。

だけど、確かに畑をやるのはいいかもしれない。

ロット村に帰ってきて一ヶ月が経つけれど、体を動かすようなことはほとんどやっていない。

魔法教室は運動とは程遠いし、運動らしいものといえば湖のほとりを散歩したり、たまに薪割りの仕事を手伝ったりするくらい。

畑をやれば運動不足も解消されて、充実した療養生活になりそうだ。

畑で作物を育てるのって一見大変そうに思えるけれど、量や質を気にしないのであればそうでもない。

週に一、二回程度ガッツリ作業をして、その他の日は水やり程度でいい。

一番大変なのは「土作り」だけど、すでに叔父さんがやってくれているので畝《うね》を作って種を

蒔《ま》くだけだし。

まぁ、雑草処理はやる必要があるけどね。

ちなみに、どうして教師をやっていた僕がここまで畑に詳しいのかというと、子供の頃にロット村で両親の仕事を手伝っていたからだ。

畑を耕したり畝を作ったりするのがお父さんと僕の仕事で、芽かきや間引きはお母さんとピピンの仕事。

収穫は一家全員でやった。

あれからもう十年以上経ってるけど、未だに畝の作り方は覚えているし、種の植え方も記憶している。

というわけで、叔父さんに「是非やりたいです」と伝えたところ、土地を無料で貸してくれた。

それも結構広い区画を。

前に僕の両親が管理していた区画だから無償でいいと言われたけど、ありがたすぎる。

本当に叔父さんには頭が下がる。

叔父さん家族は僕がロット村を出てからピピンのことを気にかけてくれたし、彼女を農場で働かせてくれている。

借りが溜まりまくる前に、少しずつ返しておかないといけないな。

「農具はここに置いておきますね、お兄様」

ピピンが農具が乗った荷車をゴロゴロと転がしてきた。

魔法教室に使っている納屋に保管してあった農具は錆《さ》びて駄目になっていたので雑貨屋で鍬《くわ》を買うことにしたんだよね。

ピピンには「もったいない」って渋い顔をされたけど、貯金はたくさんあるし、まずは道具から始めたい性格なんだ。

「ありがとう。助かるよ」

「私は向こうで収穫をしていますので、何かありましたら声をかけてください」

そう言って、ピピンは隣の区画へと行った。

彼女が向かった先に、青々と生い茂った葉っぱに赤い実がなっているのが見えた。

あれはトマトかな？

ちょうど今が収穫時期だっけ。

あっちはかなり区画が広いし、かなり大変そうだ。

村で作られている農作物は領主様に「税」として納めている。

規定量に達していないと他のもの……例えば金銭で補填《ほてん》しないといけなくなるし、それでも難しければ土地を没収されてしまう。

こっちと違って、ピピンたちは生活がかかってる。

人手は十分足りているみたいだけど、後でお手伝いしようかな。

「……ま、とりあえずはこっちの作業を済ませてからだけどね」

借りた区画は自宅のリビングふたつ分くらいの広さがある。

この広さがあれば、畝を八つくらい作れるだろう。

しかし、と晴れ渡った空を見て思う。

今日もいい天気だなぁ。

蒸し暑い夏も終わって、流れる風も涼しくなってきたしとても過ごしやすい。畑をやるには絶好のコンディションだ。

ちなみに、今日の魔法教室はお休みにしている。

二日やって一日休むというのをルールにしているんだけれど、これが結構よくて「休み明け」と「明日休み」が続くので凄く気が楽なんだよね。

ナーナアカデミアで教師をやっていたときも、このローテーションだったら病気にならずに済んだかもしれないな。

「わたくしは種の植え方よりも魔法の使い方を覚えたいですけれど」

晴れ空に向かって大きく伸びをしていると、少し不満げな声が聞こえた。

現在、ロット村に豪華な別荘を建築中のジュリアお嬢様だ。

別荘の完成までもう少しかかるらしく、今も宿屋で寝泊まりしている。

まぁ、毎日ウチに来てご飯を食べたりしてるけど。

そんなジュリアに畑をやると話したところ、「お手伝いします」とついてきてくれた。

だけど……さすがにご令嬢に、土いじりはキツいよね。

「本当に無理しないでいいからね？　土で服が汚れちゃうし、嫌だったら今からでもウチで休んでて――」

「ひとりで留守番の方が嫌ですわ」

ジュリアがきっぱりと言い放つ。

「それに、ロイド先生と一緒に野菜を育てるというのは凄く刺激的です」

「刺激的？　畑が？」

むしろ刺激的とは真逆のことをやっているつもりなんだけどな。

「……あ、そうだ。刺激的と言えば、結果次第ではかなり刺激的なことになりそうな実験をしてみようか」

「実験？」

「うん。ここに植える野菜に魔法をかけるんだ」

「…………？」

理解できなかったのか、ジュリアが不思議そうに首を捻る。

「どういうことですの？」

「育成を司る《火属性》の魔法を使えば、野菜の成長を促進できるんじゃないかって思ってさ」

「ええっ⁉　そんなことができるんですの⁉」

「できるかどうかはチャレンジだけど」

今現在、《火属性》の魔法が野菜育成に効果があると実証されてはいない。

魔法は鍛冶などの加工業からなる「二次産業」と、運輸や金融などの「三次産業」には使われているが、「一次産業」の農業には使われていないからだ。

詳しい理由はわからないけど、一次産業に回すほど魔導士に余裕がないというのが実情なんだろう。

魔王との戦いの影響で魔法学校が乱立して魔導士の数が爆発的に増えているみたいだし、今後農業にも使われるようになるかもしれないけど。

「ジュリアの勉強にもなりそうだし、やってみよう」

失敗しても問題はないし、ものは試しだ。

というわけで、種に魔法をかける前に畝作りから始めることにした。

畝というのは、細長い直線上に土を盛ったアレだ。作物のベッドの役割があって、しっかりと畝作りをしておかないと成長に支障が出てしまう。

まずは三メートルほど鍬《すき》でひっくり返し、肥料になる骨粉をまく。基本の土作りは叔父さんがやってくれているので、それだけで十分なんだよね。

そこから土を寄せて、幅六十センチほどの畝を作る。

そこに手のひらサイズの浅い穴を作って、種を植える場所を整える。

植えるのはニンジンとホウレンソウ、トマトにナス、それにトウモロコシ。それらの種に【身体能力強化】で瞬発力の強化をしてみた。

これは先日、クオーツウルフ事件のときにも使った魔法で、瞬発力が高まって足が速くなる魔法なんだけど——さて、種にかけたらどんな結果が出るか。

ジュリアとふたりで種を植えて、川から汲《く》んできた水をまく。

そして待つこと数分。

「……あっ」

「早速、芽が出てきたね」

畝に作った穴から、ポコッと三つの芽が出てきた。

ちょっと驚いてしまった。

普通は発芽まで数日はかかるのに、わずか数分で芽が出てくるなんて。

うん。これは、魔法の効果が確実に出ているな。

これって論文に書けるレベルのことなんじゃないだろうか?

毎年やってる魔法学会に出したら、ちょっとした騒ぎになりそう。

まぁ、僕はもう学校の教諭じゃないし、そんなことやるつもりはないんだけどさ。

「あ、そうだ。学校で思い出したんだけど」

隣で発芽したホウレンソウをしげしげと見ているジュリアに尋ねた。

「キミのお父さんから聞いたんだけど、今年の学園祭は駄目だったみたいだね」

「……え？　学園祭？」

「そう。ナーナアカデミアの学園祭だよ。去年はキミの活躍もあって優勝したけど、今年の旧ロイド教室は残念な結果だったって」

ジュリアのお父さんのエリオット様が帰り際に教えてくれたけれど、旧ロイド教室の教室対抗戦の成績は散々だったらしい。

二十四教室中、二十位。

多分、学校は大騒ぎになっているだろうな。

学園祭には王室の関係者が視察に来ることがあるけれど、彼らの目的は僕の教室に所属している生徒なのだ。

五華聖の勇者が魔王を倒してから、よりロイド教室の生徒に注目が集まっていた。その中で、二十位という成績は目を覆いたくなる結果だ。

というか、あの子たちの実力を考えると、そんな酷い結果になる方が難しいと思うけどな。

リンド先生は一体どんなマジックを使ったんだろ。逆に興味があるな。

「へぇ、そうだったのですね」

どこかつまらなさそうにジュリアが答える。

「あまり興味がなさそうだね？」

「ええ。実際に興味ありませんので」

ジュリアがさらりと言い放つ。

「わたくしがナーナアカデミアに在籍していたのは、ロイド先生がいらっしゃったからです。先生がいない学校の学園祭になんて、これっぽっちも興味はありませんわ」

「だけど、教室には友達がいるでしょ？」

「ええ、います。ロイド教室に在籍していた学友たちは今でも文通でやりとりをしていますわ。どうやら彼らもここに来たがっているみたいですけれど」

「……ぅえっ？」

変な声が出てしまった。

「こ、ここって、まさかロット村に？」

「そうです。皆、一様にロイド先生から魔法を教わりたいと口にしていますわ」

「マ、マジですか……」

皆には悪いけど……正直、勘弁してほしい。

生徒たちからそんなに慕われていたなんて教師冥利に尽きるけど、これ以上の来訪者は辛いものがある。

だって、ジュリアだけでもいっぱいいっぱいだし。

魔素敗血症が悪化しちゃうよ。

「ロイド様！」

と、畑に僕の名を呼ぶ声が響く。

トンタくんが大きめの荷車を引っ張ってやってきた。

「ピピンさんからロイド様が畑を始めたって聞いて、いろいろ持ってきたぜ！」

「……おお、凄い！」

荷車にはいろいろ入っていた。

まずは農作業を手助けしてくれる様々な農具。

僕が雑貨屋で買ったのは鍬だけだったけど、整地するときに使う「レーキ」という農具や、雑草刈りに使える鎌もあった。

ほかには支柱に使える棒やロープ。

それに肥料に使える馬糞《ばふん》と魚かすがあった。

いやぁ、肥料だけでもめちゃくちゃありがたい。

馬糞には藁《わら》が含まれているので肥料としては一級品なんだよね。

大量に持ってると、ちょっと臭いけど。

「ロイド様。畑を始めたってことは収穫祭にも参加するのか？」

「……収穫祭？」

ってなんだろう。

僕がロット村に住んでいた頃は、そんなお祭りなかった気がするけど。

「秋の収穫祭だよ。村の人たちが農場で穫れたものを持ち寄って料理を作ったりするんだ。ロイド様がいた頃はなかったのか？」

「……あ、感謝祭のことかな？」

感謝祭は年に二回、春と秋に開催される大地と神さまに感謝をして次期の豊作を祈願する祭りのことだ。

そっか。十数年の歳月の中で名前が変わっちゃったんだな。

なんだか少しさみしい気がする。

だけど、是非参加したいな。

野菜は魔法を使えばすぐ収穫できるくらいまで成長しそうだし。恩返しじゃないけれど叔父さんに野菜や果物をおすそわけしてあげたい。

ちなみにトンタくんの家は、羊ミルクを提供するのだとか。

「ジュリアも参加する？」

「わたくしですか？」

「まぁ、貴族たちが参加する舞踏会よりは退屈だと思うけど」

ジュリアは貴族でご令嬢だし、頻繁に舞踏会に参加していただろうからな。

ああいう華やかな舞台に参加している身からすると、田舎村の感謝祭はつまらなく感じるかもしれない。

「そんなことはありませんわ」

だけど、ジュリアは首を横に振った。

「使い古された愛の言葉をこれみよがしに振りかざしてくる退屈な男しかいない舞踏会よりも数百倍は楽しそうです」

「……そ、そう？」

何だろう。言葉にかなり含みがある気がする。

舞踏会で嫌な経験でもしたのかな？

ていうか舞踏会って、ジュリアみたいなご令嬢だったら誰しもが憧れる場所だよね？　あれ？　違ったっけ？

まぁ、いいか。

「よし、それじゃあ、感謝祭に向けて張り切って野菜を作ろうか」

「ええ。《火属性》魔法の授業も兼ねて……ですわね」

ジュリアが種が入ったかごを手に取る。

確かにそうだね。

明日の授業はここで魔法の講義をやってもいいかもしれないな。

＊＊＊
フーシャさんに聞いたところによると、ロット村の感謝祭改め収穫祭は、結構大掛かりな規模でやるらしい。

まず行うのは、収穫した野菜や果物を持ち寄って村の広場で料理をして皆にふるまう「料理会」だ。

料理人は宿屋の店主、ララちゃんのお父さん。

なんでもロット村に来る前は、大きな街のレストランで料理人をやっていたのだとか。

たまに宿屋にご飯を食べに行くんだけど、やけに美味しいのはそういう理由があったらしい。

料理会をやった後は、演奏会が開かれるという。

街から吟遊詩人のグループを呼んで、彼らの歌や演奏をバックに皆で踊ったりするのだとか。

その踊りが豊穣神《ほうじょうしん》に捧げる貢物《みつぎもの》だってフーシャさんは言ってたけど、ロット村も変わったなと少し驚いてしまった。

僕が知ってる感謝祭は収穫された作物を豊穣神に捧げて、あとは各自が自由に料理を食べたり酒を飲んだりするゆる～い感じだったし。

あれはあれで好きだったんだけど、吟遊詩人の演奏を聞きながら踊るなんて凄く気持ちよさそうだ。

というか、吟遊詩人を呼ぶのって結構お金がかかるよね？

ロット村って、僕が思っている以上に儲《もう》かってるのかな？

「……でも、吟遊詩人かぁ」

早朝のリビング。

ピピンが作ってくれた穫れたて野菜のほくほくスープを食べながら、ふとひとりごちた。

吟遊詩人の演奏会は一度だけ参加したことがある。

二年前のナーナアカデミアの卒業式――今や時の人となってしまった五華聖のメンバーたちの卒業式のときだ。

五華聖の勇者たち五人は全員僕の教室出身だが、あの年は六人の生徒を受け持っていた。

その六人のリーダー的存在だった生徒が「最後の思い出作りをしたい」と言い出して、エンセンブリッツのホールで開催されている演奏会に行くことになった。

脳裏に浮かぶのは大陸の伝統楽器、細長いネックの撥弦《ばちげん》楽器「サディラ」を使った美しい音色と歌声――ではなく、観客席で寝てしまった六人の生徒たちの顔。

すんごく気持ちよさそうに寝てたな。みんな。

演奏が終わってドヤ顔で「いい演奏でしたね！」とか「あの音色は一生忘れません！」なん

て熱く語っていたのがさらにおかしかった。

「ふふ、皆、元気にしてるかな」

ついノスタルジックな気分になってしまった。

彼女たちの姿と一緒に想起《そうき》されるのは、そんな無茶苦茶な思い出ばかりだけど、彼女たちは間違いなく天才だった。

ジュリアも相当な才能を持っているけれど、彼女たちはジュリア以上だった。

魔法の才能にあふれ、身体能力や剣術にも光るものを持っていた。

六人全員が天才であり、問題児だった。

手を焼いた子ほど記憶に残るとはよく言ったもんだ。

特に一番手を焼いたのは、明るく奔放でクラスのムードメーカーだった少女で——。

「お兄様……？」

と、ピピンの声が僕を現実へと引き戻した。

声の方を見ると、なにやら神妙な面持ちのピピンが立っていた。

「ええっと、お兄様にお客様が」

「え？　僕に？」

誰だろう。

というか、何でそんな気まずそうな顔をしてるの？

首を捻りながらピピンと一緒に玄関に向かったけれど、誰もいなかった。

「た、多分、教室の方かもしれません……」

「教室」

何だろう。少しだけ嫌な予感がした。

いやまぁ、冷静に考えて、僕がロット村にいるってことを知ってるのはごく一部の人間だけだし、なんとなく予想はつくんだけどさ。

教室に使っている納屋の扉を開けた瞬間、回れ右したくなった。

教室の中にとんでもなく重苦しい空気が流れていたからだ。

異様な空気というか、一触即発の空気というか。

「…………」

隣り合った机に座ったふたりの少女が睨み合っているのが見えた。

ひとりは不服そうな表情のジュリア。

そして――もうひとりは、可愛らしい見た目の女性。

肩ほどで綺麗に切りそろえられた栗色《くりいろ》の髪に、クリッとした大きい目。

いかにも活発そうな雰囲気がある。

――いや、見た目通りの超活発娘なんだけどね。

正直、驚きはそこまでなかった。

嫌な予感がバッチリ的中していたからだ。

「……あっ！　ロイド先生！」

僕のことに気づいたその女性が、ガタッと椅子を鳴らす。

「ようやく先生に会えたよぉ！　いやぁ、ほんと長かったんだよ？　ほら、魔王のときは徒歩だったじゃない？　だから今回は馬車で行けば楽かなって思ったんだけど、椅子がめちゃくちゃ硬くてあたしの可愛いお尻が壊れるかと思ったよ。やっぱり長旅するのは歩きがイイね。あたしってば、またひとつ賢くなっちゃったよ！　あっはっは」

ペラペラ。

ペラペラペラ。

ひとりで盛り上がる彼女を見ていた僕の顔は、きっとすんごく辟易としていたと思う。

「ちょっと、あなた」

そんな女性に、ジュリアが詰め寄る。

「どこのどなたか存じ上げませんが、わたくしのロイド先生になれなれしくしないでくださいまし」

凄まじく「わたくしの」の部分を誇張するジュリア。

ん～。僕はキミのものじゃないんだけどな。おかしいな。

「というかロイド先生。この女は誰ですの？」

「え？　あ～、ええっと……彼女は――」

「だから何度も言ってるでしょ？」

女性は呆れ顔で続ける。

「私の名前はカタリナ。カタリナ・ブラックウェル。ロイド先生の教え子で……魔王を討伐した五華聖のひとりよ」

つい頭を抱えたくなってしまった。

そっか～。

よりによって、六人の卒業生の中で一番の問題児だったカタリナが来ちゃうか～……。

†　†　†

カタリナ・ブラックウェルは心躍《おど》っていた。

ようやくロイド先生に恩返しをすることができる、と。

ナーナアカデミアを卒業して三年になるが、その間、カタリナは数多くの輝かしい功績を残している。

まず、王都で開催された「王国武闘会」での優勝だ。

王国武闘会は四年に一度開催される王国最強を決める武闘会で、王国中から腕に自信のある強者《つわもの》たちがやってくる。

優勝者には莫大《ばくだい》な賞金と名誉、それに王国騎士団を始めとする国営機関への士官が決まるという、武を志す人間にとってはまさに夢のような大会だ。

しかし、当初カタリナは乗り気ではなかった。

そういう勲章だとか栄誉に興味がなかったからだ。

だが、同じロイド教室の卒業生で一番の仲良しだったユンが勝手に申し込みをして参戦することになった。

やるからには本気でやろう。

そう心に決めて参戦したカタリナは、全ての試合を一分以内で終わらせるという圧倒的な力を見せ、史上初の女性覇者となった。

そして、その優勝がきっかけで国王の目に止まったカタリナは、世界の脅威になりつつあった魔王の討伐メンバーに抜擢《ばってき》。

さらに、他のメンバー全員がカタリナの元クラスメイトという驚きの選出だった。

ちなみに、候補者のひとりに天魔と呼ばれていた英雄シオン・ヴィスコンティも選出されていたが、体調不良を理由に辞退している。

そんな幸運も重なり、学生時代を思い出させる和やかな雰囲気で始まった魔王討伐の旅だったが、辛いことや楽しいことがいろいろとあった。

「五華聖が誰ひとり欠けず、こうして旅を終わらせることができたのは、師であり育ての親でもあるロイド先生が私たちに一流の魔法と戦闘技術を叩き込んでくれたおかげです」

魔王討伐から凱旋したカタリナは、人々の前でそう口にした。

ロイド・ギルバルト。

ナーナアカデミアから数多くの有能な魔導士を生み出している教師にして、万知の魔導士の二つ名を持つ大賢者。

彼の名前は一部の関係者の間では有名だったが、まだ一般的には知られていなかった。ロイド自身が目立つことを極端に嫌っていたからだ。

カタリナは一度だけロイドに教師になった理由を尋ねたことがあった。

子供の頃から五属性魔法全てに精通していたロイドは元々医者になりたくて上京したのだが、その夢は叶わず教師の道を進んだ。

教師になるくらいなら是非ウチにと、数多くの組織や国営機関から声がかかっていたが、ロイドはその誘いを全て断ったらしい。

自分はそんな器ではない。

いろいろと魔法が使えるのはただの器用貧乏で、周りが勘違いしているだけ。

それが理由だった。

なんて自己評価が低い人なんだろうとカタリナは呆れてしまった。

そして、その一方で彼女は決意した。

遠くない将来、必ず自分が恩返しの意味も込めて、ロイド先生を表舞台に立たせてあげようと。

そして――ようやくその夢が達成される。

「やっほ～、カタリナ」

静まり返った執務室に女性の声が響いた。

カタリナは走らせていた羽ペンを止め、声がした方を向く。

部屋の入り口に立っていたのは、青い髪の少女だった。

白い魔法衣がよく似合っている、純真無垢な見た目の可愛い女の子。

彼女の名前はユン。

カタリナと同じく、ロイド教室の卒業生にして魔王を討伐した五華聖のメンバーのひとりだ。

魔王討伐から凱旋した今は、国の魔法研究機関、王国魔法院の院長をやっている。

「今、お暇？」

「この状況が暇に見えるなら、目医者に行った方がいいね」

カタリナは机の上に並ぶ書類の山を羽ペンでペシペシと叩いた。

それを見て、ユンはため息のような声を漏らす。

「わぁ……教会聖騎士団って大変そうだね」

「団長の仕事だけじゃないからね。今は列聖審議官もやってるし」

ユンが凱旋後に王国魔法院の院長に就任したように、カタリナも教会の聖騎士団団長という輝かしい職に就いていた。

教会が崇拝《すうはい》・崇敬《すうけい》対象とする「聖人」の申請調査を行っている「列聖審議官」というおまけつきで。

「そっかぁ。カタリナも知りたいかなって思って、ロイド先生の情報を持ってきたんだけど、忙しいならまた今度の方がいいよね」

「あっ、暇になった！　たった今！」

ギンッと目を輝かせたカタリナが、机の上に重なっている書類を力任せに払い除《の》ける。

散らばる書類の束を見て、ユンは「後片付けが大変そうだな」と思った。

「カタリナってば、ロイド先生のことになるとホント人が変わるよね」

「そんなことよりも、ほら、早く教えてよ。ロイド先生の情報って何？　もしかして、列聖が決まったとか？」

「そうそう……って、え？　列聖？」

ユンが不思議そうに首をかしげる。

「何それ、どういうこと？」

「ほら、先生って実績の割に無名じゃない？　だから世の中の人たちにもっとロイド先生の凄さを知ってほしいと思って列聖審議会にロイド先生を『神人』として申請したんだよね」

「え？　ウソ。ホントに？」

「マジマジ。大マジ」

それがカタリナの恩返しの第一段階目だった。

神人というのは「生きながらにして崇拝・崇敬対象に指定された者」のことを指す。平たく言えば人間にして神と並ぶ存在のことだ。

ロイドはカタリナにとってまさに神のような力を持つ存在であり崇拝対象なのだが、審議会に提出した本当の理由は他にある。

列聖が決まれば、ロイドは王都の教会に招かれることになる。

そこで大々的にロイドの偉業を世間に知らしめれば、国中の人たちがロイドの偉大さに気づくはずなのだ。

カタリナは思う。

ロイド先生は偉大な教師だけれど、ナーナアカデミアで終わっていいような人じゃない。彼の力を必要としている人は大勢いる。

特に、魔王戦役以降、国力が低下していることを問題視している国王のそばでロイド先生には活躍してほしい。

そして――できれば、そのロイド先生の隣に自分が立っていたい。

「でも、私が持ってきたロイド先生の情報はそれじゃないよ。てか、列聖審議官やってるカタリナが知らないことを部外者の私が知ってるわけないじゃない」

「……あ、そっか」

ぽんと手を叩くカタリナ。

「じゃあ、ロイド先生の情報って？」

「ここだけの話なんだけどね。なんでもロイド先生、突然学校を辞めたらしい」

「……は？」

思わず凄みのある声を出してしまった。

「え？　ちょ、ちょっと待って。え？　辞めた？　ナーナアカデミアを？」

「そう。今年のロイド教室の生徒たちに理由も伝えず、いきなり」

あり得ない、とカタリナは思った。

ことロイド先生に限って、そんな無責任なことをするはずがない。

なにせロイド先生は、誰も関わろうとしなかった問題児で落ちこぼれの自分に唯一親身になってくれた人なのだ。

「何事も『まずは試してみよう』と挑戦するのはカタリナの長所だよ。もっと自信を持っていいと思う」

カタリナはロイド先生からそう言われたことを今でも覚えている。

カタリナは魔導具を扱う大商会の一人娘だったが、子供の頃から自由奔放で、なにかとトラブルを起こしていた。

両親から「危険だから絶対にひとりで屋敷の外をうろつくな」と言われていたが、約束を破って屋敷を抜け出すなんてことはしょっちゅうだった。

野原や川で遊ぶなんて可愛い方。

街の祭りに参加したときは、人さらいに誘拐されかけたこともある。

そんなトラブルまみれの娘を更生させたくて、両親は名門ナーナアカデミアへ入学させたのだが、ロイド教室へ入ることができたのは幸運だった。

ロイド・ギルバルトとの出会いは彼女を大きく変えた。

五華聖のひとりとして名を連ね、教会の聖騎士団の団長になることができたのは、彼女を決して見放さなかったロイドのおかげなのだ。

だからカタリナはロイドのことを誰よりも信頼していた。

「……ありがとうユンちゃん。これはあたしが先生を連れ戻すために動かないといけないみたいだね」

「え？　動く？」

「そう。まずは魔導士協会にお願いしてアカデミアに調査団を派遣してもらう。だって、ロイド先生が自分から学校を辞めるなんてあり得ないもん。絶対何かあるはずだよ」

「……だよね」

ユンの目がきらりと光った。

「実は私もそう思って、魔導士協会に手紙を出そうと思ってて」

「え、ホント？」

「うん。こうやってカタリナに会いに来たのも、それを伝えたかったからなんだ」

「王国魔導院の院長と教会聖騎士団団長から調査依頼が来たら、腰が重い魔導士協会もさすがに動かざるを得ないよ！　ユンちゃんってば、グッボーイだねぇ！」

「えへへ」

カタリナに頭をよしよしされて、満面の笑みを浮かべるユン。

「でも、協会から協力要請が来たらユンちゃんにお願いしてもいい？」

「え？　私に？　そりゃあもちろんいいけど……カタリナは何をするの？」

「あたしはロイド先生を探す」

「うえっ？」

ユンが目を瞬《またた》かせる。

「さ、探すって、どうやって？　どこに行ったのかもわからないのに」

「王国の全教区支部に通達を出す。ナーナアカデミアを不当に辞めさせられたロイド・ギルバルト教諭の居場所を探せ……ってね」

「大丈夫？　教会の人を私用で動かすのはさすがにまずいんじゃ？」

「……かな？」

いくら教会の聖騎士団団長だとしても、教会の幹部たちから糾弾されてしまうかもしれない。

魔王討伐を果たした英雄とはいえ、うら若き娘が団長に抜擢されたことに意を唱える人間は少なくないのだ。

そんな輩に好材料を与えるわけにはいかない。

カタリナはしばし考え、いいことを思いついたと言いたげに、ポンと手を叩いた。

「じゃあ、先生の列聖が決まったって言っとこ」

「や、それはさらにまずいと思うけど」

ユンが引きつった顔で答えるも、カタリナの耳には届いていないようだった。

「とにかく、他のロイド教室卒業生にも協力してもらって、全力で先生を探そうよ。あたしたちで先生を見つけるんだ」

そして、先生を表舞台に立たせてあげる。

それが先生への恩返し。

待っていてくださいね、ロイド先生。

世界中に先生の名前を轟かせてあげますから。

カタリナはどこかにいる彼に想いを馳せながら、窓の外に広がる晴れ渡った空を見上げるのだった。

†　†　†

「……え？　勇者様？」

ジュリアが目を瞬かせる。

「そ。あたしは魔王を倒した勇者。あなたも名前くらい知ってるでしょ？」

「も、もちろん存じ上げておりますわ。なんでも五華聖の皆様は同じ魔法学校出身とか……」

ジュリアはしばし思案し、やがてハッと何かに気づく。

「ちょっとお待ちくださいまし！　ということは、魔王を倒した五華聖の方たちもロイド先生の生徒さんだったたんですの⁉」

「え？　方たち『も』？」

今度はカタリナが首を捻った。

「もしかしてあなたもロイド先生の？」

「ええ。ナーナアカデミアのロイド教室に属しておりましたジュリア・ヴィスコンティと申します」

「ヴィスコンティって、あの魔導士の名門の？　てか、貴族のご令嬢がどうしてロイド先生の故郷なんかに？」

「これにはいろいろと事情がありまして」

ジュリアが視線をこちらに向けてきたので、カタリナに説明することにした。

不摂生が祟《たた》って魔導士の職業病たる魔素敗血症に罹《かか》ってしまい、それを理由に学校を辞めさせられたこと。

いなくなった僕から魔法を教わりたいと、ジュリアが村にやってきたこと。

そして、新たな生徒たちと魔法教室を開いたこと。

「……先生が学校を辞めたって話、本当だったんだね」

「まぁね」

カタリナがどこまで知っているのかわからないけれど、僕が学校を辞めたという噂は教え子たちの間に広まっているのかもしれないな。

「というか、カタリナはどうしてここに？」

「ユンちゃんから先生が学校を辞めたって話を聞いて、権力を総動員して調べたんだよ」

「権力を総動員」

うん。聞かなかったことにしよう。

カタリナのことだし、絶対無許可でやってるやつだもん。

「先生を探したのは、ことの真相を知りたいっていうのがあったんだけど、伝えなきゃいけない『吉報』もあったからさ」

「吉報？」

「喜んでよ先生。ついにロイド先生が神人として教会に列聖する運びになったんだよ」

「……はぁ？」

変な声が出てしまった。

列聖って、教会で崇拝される対象に並ぶアレだよね？

え？　何で僕が？

「とはいえ、審議会はこれからだから、正式に先生が列聖するまでに少し時間がかかるけどね」

「ちょ、ちょっと待って？　どど、どういうこと？」

「教会に新たな神人が列聖されるのって数百年ぶりでしょ？　だから王都はすでに先生の噂でもちきりだよ！」

「…………」

意味不明すぎて卒倒しそうになってしまった。

風の噂で五華聖のメンバーたちが凱旋後に国の要職についたという話を耳にした。カタリナは教会の聖騎士団団長に任命されたとかなんとか。

だから列聖の話を聞いたんだろうけど……僕が列聖とか、王都で噂されてるとか、どういうことなんだ？

「ご、ごめんカタリナ。最初からちゃんと説明して？　そもそもなんで僕が？」

「……あっ」

ようやくカタリナは気づいてくれたらしい。

「それもそうだね。ごめんね先生。再会できたのが嬉しすぎていろいろと先走っちゃった」

てへ、と小さく舌を出すカタリナ。

カタリナは昔から考えるよりも先に行動しちゃう癖があったからな。

まぁ、そこが彼女のいいところでもあるんだけどさ。

「じゃあ、最初から説明するね」

こほんと咳払いを挟んで、カタリナは神妙な面持ちで続けた。

「ことの始まりは、伝説の五華聖が苛烈な魔王討伐の旅から凱旋したときのことである……」

「なんだか語り部みたいにしゃべり出すね」

いやまぁ、別にいいんだけどさ。

ちらりとジュリアとピピンを見たら、どんな話が始まるのか興味津々なのか、机について聞く体制を整えている。

素直な子たち！

「あれは王都を練り歩く凱旋パレードが到着した、花吹雪が舞い散る白亜の王城バルコニーでのことだった」

「わぁ……王城……」

目を輝かせるピピン。

「そこで五華聖メンバーは、国王からひと言ずつコメントが求められたのです」

「魔王戦役で疲れ果てた国民に向けての言葉ですわね」

ジュリアがごくりと息を呑む。

「そこで美しいカタリナは凛《りん》とした声でこう言いました。『こうして魔王討伐に成功したのは、私たち五人の師であり育ての親でもある、万知の魔導士と呼ばれる天才魔導士にして大賢者ロイド・ギルバルトのおかげです』と――んげっ」

「ちょおっと待て！」

思わずカタリナの首根っこを掴《つか》んでしまった。

「な、なな、何するの先生⁉　いきなりあたしの服を脱がそうとして！」

「そ、そんなことしてないし！　てか、なんだかめちゃくちゃ私情が入ってる気がするんだけど⁉」

「あ、ごめん。『親愛なるロイド先生』とか、『愛するロイド様』とか、『美しいカタリナの将来の旦那様』とか言った方がよかった？」

「よくないし、そういうことじゃない！」

聖騎士団団長に就任して少しは落ち着いたかなと思ったけど、やっぱりカタリナは相変わらずのカタリナだった。

「お、お兄様……？」

ピピンが驚いた顔で尋ねてきた。

「お兄様って勇者様の育ての親だったんですね……ピピンは知らなかったです」

「大丈夫。僕も知らなかったから」

初耳も初耳。

というか、育ての親って何さ？

「確かにキミたち五華聖は僕の教え子だけど、養育したわけじゃないよね？」

「先生からは魔法以外のことも教わってたし、広い意味で育ての親っしょ？」

「生物だから人とモンスターは同じだよねってくらい広義すぎる」

頭を抱えたくなった。

カタリナってば、大衆の前で何を言ってくれちゃってるのかな、もう。

噂が独り歩きしてるよ絶対。

「それでみんな盛り上がってロイド先生のことを『勇者の御親父』だって神聖視する動きが出ちゃってさ。ちょっとマズかったかな～って思ったんだけど、ちょうどあたしが教会の聖騎士団団長に任命されて列聖審議官になったから、どうせなら先生を神様にしちゃえってね」

「そんな学級委員長を決めるみたいに僕を神様にしないでよ……」

むしろ、学級委員長の方がもっと真剣に決めるんじゃない？

その申請をさらっと受理した教会も教会だけどさ。

「というわけで、ロイド先生。あたしと一緒に王都に来てよ。列聖審議会に参加してもらえば審査も早く通るだろうし」

「ごめん。ありがたい話だけど、そういうのは僕は――」

「お願いだよ先生。王都には先生の力を必要としている人たちがたくさんいるんだ。魔王戦役で親をなくしちゃった子供とかさ。ナーナアカデミアであたしたちを育ててくれたみたいに、王都の子供たちを助けてほしいんだ」

「王都の子供……」

その言葉に、少しだけ心がぐらついてしまった。

確かにカタリナが言う通り、二年前に魔王がカタリナたち五華聖に討伐されて世界に平和がもたらされたが、魔王が残した傷跡は深い。

魔王に侵略を受けたいくつもの国は今でも復興中だし、親を失った戦争孤児はどの国でも問題視されている。

戦争で親を失った子供たちを狙った人さらいが横行しているし、家族や家を失った人たちが犯罪組織に身を落とすなんて話も枚挙《まいきょ》にいとまがない。

そんな人たちが僕の力を必要としているんだったら、是非協力してあげたい。

だけど――。

「せ、先生」

ジュリアの声でふと我に返る。

そちらを見れば、彼女が不安そうに僕を見ていた。

きっとこのまま王都に行きやしないかと心配になったのだろう。

僕は「大丈夫だ」と笑顔でジュリアの頭を撫でてから、カタリナを見る。

「ごめん、カタリナ。やっぱり無理だ。僕は神様と肩を並べるような人間じゃないし、それに、キミたちに魔法を教えていたときみたいに教鞭《きょうべん》を執ったりするのはもう無理なんだ」

「魔素敗血症だっけ。確かに魔導士にとっては死活に関わる病気だね」

「そうなんだ。僕にはもう第一線で活躍できるような力はない。魔導士としても教師としてもね」

「それはウソだね。『万知の魔導士』と呼ばれてた力は健在のはずでしょ？　教会の司祭に聞いたよ。先日、森に現れたモンスターの群れを退治したって」

「あ、あれは……」

痛いところを突いてくるなぁ。

それほど強いモンスターじゃなかったから大丈夫だった……なんて説明しても納得してくれなさそうだし。

「とにかく、僕はキミが思っているほど凄い魔導士じゃない。王都に行ったところで今の僕なんかじゃ、役に立つわけがないよ」

「じゃあ、先生の力を確かめようか」

カタリナがにこやかに言う。

僕は首を捻ってしまった。

「確かめるって、どうやって？」

「あたしと勝負しよう」

カタリナは至極他愛のないことだとでも言いたげに、さらっととんでもないことを言い放つ。

「先生がまだ第一線で活躍できる凄い魔導士だってこと、あたしが戦って証明してあげるから」

＊＊＊

「す、凄いッス！　まさかロット村で、五華聖の勇者カタリナ様と万知の魔導士ロイド様の試合が見られるなんて！」

ひと際目を輝かせているのは、衛兵のケインさんだ。

湖のほとりにある休耕地の一角に、多くの村人たちが集まっていた。

宿屋から運ばれてきた机や椅子が観客席のように並べられ、仕事を終えた人たちが酒盛りをしている。

どうしてこうなったんだ。

カタリナから僕の実力を証明するだのなんだのと言われ、試合のようなものを申し込まれて仕方なく承諾した。

やらないと断ったところでカタリナは納得してくれないだろうし、適当に負ければ諦めてくれると思ったからだ。

それで、いきなり村の敷地内で魔法をぶっ放したら大騒ぎになるから、フーシャさんに場所を貸してほしいとお願いしたところ、こうなってしまったというわけだ。

ロット村にはこれといって娯楽がない。

遊びといえば、宿屋で行われているトランプゲームくらい。

だから五華聖の勇者と僕の模擬戦が開かれると聞いて娯楽に飢えた人たちが集まったのだろうけど……それにしても、ちょっと多すぎませんかね。

「……しかし、どうして五華聖の勇者様がロット村に？」

試合開始を心待ちにしている村の人たちの会話が聞こえてきた。

「なんでも五華聖の勇者様たちは、ロイド様に育てられたらしいんですよ」

「ええっ⁉　本当に⁉　それは凄い！　これはフーシャさんにお願いして、村おこしの一環として大々的に広める必要がありそうですね！」

「ですよね。村の広場にロイド様の銅像を建てるべきだと私は思うんです」

「確かに！」

「……」

胃がキリキリと痛くなってきた。

せっかくフーシャさんにお願いして銅像の件は取り下げてもらったのに、ホントやめてください。

「お兄様、頑張って〜！」

ギャラリーの一角からピピンの声がした。

「相手は勇者様ですけど、ピピンはお兄様を応援していますっ！」

「俺もだぞ、ロイド様！」

「ロ、ロイド様、頑張れっ！」

「ロイド先生！　わたくしのためにも絶対勝ってくださいましっ！」

そのとなりには、トンタくんとララちゃん、それにジュリアの姿もある。

応援グッズなのか、全員「ロイド様」とか「こっち見て」とか「ＬＯＶＥ」とか書かれた小さな旗を振っている。

そういうのもめちゃくちゃ恥ずかしいからやめてほしい。

しかし、こんなにギャラリーが来るなんてなぁ。

適当に負けるつもりだったけど、凄くやりづらくなってしまった。

村の人たちの前で負けるのは別にいいんだけど、ピピンたちの期待を裏切るのは心苦しすぎる。

ジュリアとか、ブチ切れそうだし。

「……先生と模擬戦なんて、いつぶりかな？」

手足をほぐしながら、カタリナが尋ねてきた。

「ん～……卒業試験以来だから、三年ぶりだね」

「気をつけてね先生。あたし、あのときより数倍強くなってるから」

「そりゃあ、魔王を倒すくらいだからね」

危険なモンスターたちを従え、僕たち人間に対して侵略戦争をしかけてきた魔王は、単独で国を滅ぼした超規格外の存在だ。

尽きることのない無尽蔵の魔素を武器に強力な魔法を連続して使うため「魔法の王」……つまり「魔王」という名前を与えられたと聞いている。

カタリナはそんな相手と戦い、勝利してきたんだ。

僕なんかが逆立ちしても勝てるわけがない。

学生時代のカタリナを想定して最初は手を抜いて負けようとかと思ったけど……冷静に考えれば普通に戦っても負けるよね。

「じゃあ、いくよ先生！」

カタリナが剣を抜いた。

ぞくりと全身が粟立《あわだ》つ。

だけど、それは恐怖からじゃない。

カタリナがどれくらい強くなったのか、その一瞬でわかったからだ。

僕が知るカタリナとは比べ物にならないくらい強くなっている。

これはいろいろと試したくなってしまうな。

ひとまず、小手調べだ。

「……【発火撃《ファインド》】！」

間合いを詰めてくるカタリナに向け、魔法を発動させる。

消失を司る《闇属性》の攻撃魔法だ。

手のひらから火の球が放たれ、カタリナ目掛けて飛んでいく。

そして、着弾。

普通ならここで対象を激しく燃え上がらせるのだけど——左手に青白い魔法の盾を呼び出したカタリナに火炎球を弾き飛ばされた。

「えへへ……だめだよ。あたしに《闇属性》魔法は効かないから」

得意げに笑うカタリナ。

彼女はただの剣士じゃない。

僕が教えた魔法を駆使して戦う「魔法剣士」だ。

学生時代からカタリナが得意としていたのは、《水属性》の魔法。

《水属性》は守護を司る属性で、魔法を防いだり反射させたりする防御系の魔法が多くある。

【魔法障壁】で魔法をシャットアウトして、魔導士が不得意とする接近戦闘をしかける……つまり、カタリナは「魔導士キラー」なのだ。

「というか、あたしに魔法の上下関係を教えてくれたのは先生でしょ？　『水は闇を洗い流す』ってさ。忘れちゃった？」

「まさか」

授業で教えた魔法の上下関係。

五つの属性には、明確な強弱がある。

《闇属性》は《水属性》に弱い関係にある。攻撃魔法では防御系魔法を貫通させることはできないのだ。

授業は上の空で聞いていたはずなのに、しっかり覚えていたなんて嬉しいな。

「今のは僕が授業で教えたことをどれくらい覚えているか試しただけだよ。本番はここからさ」

「あはっ！　そうこなくっちゃ！」

再びカタリナが動き出す。

牽制《けんせい》気味に魔素消費量が少ない《闇属性》魔法を放って足を止めようとしたが、的確に【魔法障壁】ではねのけてくる。

ついに剣の間合いに入られてしまった。

「怪我はさせないから安心して、先生！」

「ご心配どうも」

カタリナはスピードを殺さず、鋭い横薙《よこな》ぎの攻撃をしかけてくる。

それを紙一重で躱《かわ》し、後ろに下がって距離を取る。

というか、怪我をさせないとか言って思いっきり振ってくるじゃないか。

全く、この子は——ワクワクさせてくれるなぁ。

「す、凄い……ロイド様が押されてる！」

「さすがは勇者様だ！」

「お、お兄様⁉　がが、頑張って！」

「くっそ！　負けんなロイド様！」

「が、頑張ってぇええ！」

「何やってるんですのロイド先生っ！　下がる必要などありませんことよっ！　そのような相手、こてんぱんにしてくださいましっ！」

カタリナ有利の状況に、ギャラリーや生徒たちの応援にも熱がこもってくる。

並の魔導士だったらここで試合終了だろう。

なにせ、大抵の魔導士が使える属性は多くて二属性くらい。得意とする属性を封じられた時点で勝負あり、なのだ。

だけど、僕は違う。

カタリナの剣が大ぶりになった瞬間を見計らって、魔法を発動させる。

攻撃魔法ではない、別の魔法。

僕の体が赤く輝いた瞬間、切り返してきたカタリナの剣が僕の右腕を捉えた。

凄まじい衝撃。

だが――僕の腕には傷ひとつついていない。

「おおっ⁉　う、腕で剣を防いだぞ⁉　どういうことなんだ⁉」

「ま、魔法だ！　魔法で体を頑丈にしたんだ！　凄い！」

村人に続いてトンタくんが驚嘆の声をあげる。

剣を防がれたカタリナも目を丸くしていた。

「……先生、それって」

「そう。《火属性》の魔法だよ」

体にかけたのは、頑丈さを向上させる【身体能力強化】の忍耐力の強化だ。これを使えば斬撃を防ぐことができる。

まぁ、頑丈になっても痛いことは痛いんだけどね。

「……《水属性》に有利が取れるのが成長を司る《火属性》の魔法。『火は水を蒸発させる』……だね、先生？」

「その通りだよカタリナ。さぁ、今度はこっちからいくよ！　【身体能力強化】の倍がけだ！」

接近戦が不得意な魔導士に【身体能力強化】を単発でかけたところで焼け石に水だ。剣士に接近戦で勝つには、重ねがけが基本。

筋力の強化に瞬発力の強化。それに持久力の強化。

出し惜しみなしで攻めの【身体能力強化】を連発した。

魔素敗血症で魔素量が減っているけど、半端な魔法じゃカタリナに有利は取れないからね。

体が軽くなった瞬間、腰のナイフを抜いてカタリナとの距離を詰める。

瞬発力の強化で動きが速くなったからか、カタリナの反応が遅れた。

僕のナイフがカタリナの剣と交差し、火花が散る。

「……くっ！」

力で押し負け、大きくのけぞるカタリナ。

だが、彼女はすぐに反撃に転じる。

僕のナイフを防いだ衝撃を使ってクルッと反転し、鋭い斬撃を放ってくる。僕の力を利用したうまい戦い方だ。

さすがは五華聖の勇者だ。一瞬で戦い方を変えるなんて、相当な修羅場をくぐってきたのが窺える。

僕が魔法で有利を取ったように、カタリナは技術で不利を覆《くつがえ》してくる。

——楽しい。

授業を真面目に受けずにトラブルばかり起こしていたあのカタリナが、こんなに強くなっているなんて本当に嬉しい。

僕が攻め、カタリナが守っているかと思いきや、逆にカタリナが攻めてくる。

目まぐるしく攻守が切り替わっていく。

だが、その戦いも永遠に続くわけではなかった。

持久力の強化でスタミナが尽きない僕とは違い、次第にカタリナに疲れが見え始めたのだ。

「うっ！　くっ……キツイっ！」

「手が止まってるよカタリナ！　さらに【身体能力強化】三倍がけ！」

「さっ……三倍⁉　ちょ、待って⁉　ずるいよそれ！」

ダメ押しの【身体能力強化】三重かけだ。

ついに力負けしたカタリナが片膝をつく。

その瞬間を狙って、彼女の手から剣を弾き飛ばし、それを空中でキャッチして彼女の首元に突きつけた。

目まぐるしく動いていた僕たちの足がピタリと止まる。

まるで嵐が過ぎ去ったかのような静寂が訪れた。

「――しょ」

ぽつり、とカタリナの声。

「勝負あり……かな、先生？」

カタリナは悔しそうで嬉しそうな、凄く複雑な顔をしていた。

そこで僕は、当初の目的に反してカタリナに勝ってしまったことに気づく。

「……お、おおおおおっ！」

爆発するように盛り上がる村人たち。

「ロイド様が勇者様に勝ったぞ！」

「お兄様！　凄い！　かっこいい！」

「あ、鮮やかすぎるぜ、ロイド様っ！」

「いやったぁあああっ！」

「さすがですわ、ロイド先生！　まぁ、わたくしは初めから先生の勝利を確信してましたけれど！」

喜ぶピピンや生徒たちの声が聞こえたが、僕の心は後悔の念に苛《さいな》まれていた。

――ああ、失敗した。

適当に負けるつもりだったのに、カタリナの成長に嬉しくなってつい本気を出してしまった。

これじゃあ何のために勝負をしたのかわからないじゃないか。

頭を抱えたくなったけど、とりあえず倒れているカタリナに手を差し伸べた。

「……怪我はない？」

「うん、大丈夫」

少し恥ずかしそうに僕の手を取って立ち上がるカタリナ。

すぐに嬉しそうにクスクスと笑い出した。

「な、何？」

「ふっふ～ん。どう？　やっぱり先生は一流のままだったでしょ？　魔王を倒した五華聖の勇者相手に一本取るくらいなんだからさ？」

「…………」

重～いため息をつく僕。

カタリナってば、負けたのに嬉しそうな顔をしちゃってまぁ。

ああ、本当に失敗したなぁ。

＊＊＊

「……それでは、遠路はるばるロット村にお越しいただいた五華聖の勇者カタリナ様に乾杯っ！」

「かんぱ〜い！」

フーシャさんの挨拶に、全員が一斉にジョッキを掲げる。

ロット村の宿屋に、僕を始めカタリナや村の人たちが集まっていた。

フーシャさんの計らいで簡単な宴が開かれることになったからだ。

名目はカタリナの歓迎会……なんだけど、昼間僕たちが見せた模擬戦の興奮をつまみに、酒を飲みながら語り合いたいというのが本音だと思う。

急遽《きゅうきょ》開かれることになった僕とカタリナの模擬戦は、不本意ながら僕の勝利で幕を下ろした。

娯楽に飢えている村の人たちから「是非もう一試合やっていただけませんか」と頭を下げられたけど丁重に断った。

さすがに二試合もやったら、僕の体と魔素がもたないし。

全盛期なら十試合くらいできただろうけど、本当に衰《おとろ》えちゃったな。

こんな体で王都になんて行けるわけがない。

一応カタリナに「二試合もできないって、魔導士として失格だよね〜」とそれとなく話したら「先生ならできると思うから、もう一試合やってみようよ」と嬉しそうに返された。

はい、やぶ蛇でした。

「やはり先生は昔のままだったね！」

笑い声が響き渡る宿屋の一角――。

カタリナが嬉しそうに笑いながら、ジョッキをぐいっと煽《あお》った。

「……プハァ！　いや、むしろ昔より凄かったんじゃないかな⁉　だって『魔法の三重かけ』なんて、あたし初めて見たもん！」

「そうだったっけ？」

まぁ、並の相手なら三重かけなんてやらなくても終わっちゃうからな。

それだけカタリナが強かったって証拠だ。

「いやぁ、本当に凄かったよロイド様！　目にも止まらぬ速さでカタリナ様の剣を奪ってさ！　シュシュシュって！」

トンタくんが身振り手振りを添えて語る。

頬が上気しているのはお酒を飲んでいるからというわけじゃなくて、興奮しているからだろう。

「わ、私、ドキドキしちゃいました……！」

ララちゃんも昂《たかぶ》りを抑えきれない様子で続ける。

「ロイド様ももちろん凄かったですが、カタリナ様も凄かったです！　あんなふうに魔法って使うんですね！」

「ん？　【水属性】魔法のこと？」

「はい！　ロイド様の凄い魔法を全部シャットアウトしてましたよね！　かっこよかったです！」

「んっふっふ～……やっぱりわかる人にはわかっちゃうかぁ……てか、そんなに若いのによくわかったね？　キミはララちゃん、だよね？　うん。見込みがあるよ」

「ほ、本当ですか⁉」

ポンポンと頭を撫でられ、嬉しそうに頬を緩めるララちゃん。

「……確かにカタリナ様の魔法は凄かったですわ」

そんなふたりをじっと見ていたジュリアは、少々不満顔。

「悔しいですがさすがは五華聖の勇者様ですわね。おまけに《火属性》魔法の重要性も再認識させられました」

「ジュリアちゃんもロイド先生から『魔導士になるなら、まず《火属性》を覚えろ』って口酸っぱく言われてない？　アレはそういう理由からだよ」

魔法学校で最初に教わるのは育成を司る《火属性》の魔法、それも接近戦闘を忌避《きひ》する魔導士にはあまり人気がない【身体能力強化】だ。

魔法学校の戸を叩く生徒は、強大な《闇属性》魔法でモンスターを倒したり、傷ついた人を

《光属性》魔法で癒やしたりするのに憧れてやってくる。

だから、身体能力を強化したり操作したりする地味な《火属性》魔法は嫌われる傾向にあるんだよね。

だけど、長く魔導士を続けるため……というより、生き残るために何より重要なのが《火属性》の魔法なんだ。

ジュリアも《火属性》が苦手だったし、習得に熱が入っていなかった。

成り行きでカタリナと模擬戦をやったけど、ジュリアの勉強のためにはよかったのかもしれないな。

「ロイド先生」

カタリナが声をかけてきた。

「あたしとの模擬戦で先生はまだ第一線で活躍できるって証明できたよね？」

「……まぁ、結果的にはそうなるかな」

「よっしゃ！　それじゃあ、あたしと一緒に王都に行こう！」

「……え、ロイド様、王都に行っちゃうのか？」

トンタくんが不安げな視線を向けてくる。

「あ～……いや」

「ロ、ロイド様、ロット村を離れちゃうんですか？」

ララちゃんも心配そうな表情。

「大丈夫だよ。僕は村を離れたりしないから」

彼らに笑顔で語りかける。

「……そういうことで、ごめんねカタリナ。模擬戦までしてもらったのに悪いけど、やっぱり僕は王都には行けないよ」

「ど、どうして？　先生の力は衰えてないって証明できたのに」

「この子たちがいるからだよ。ここでやってる魔法教室は魔法学校と比べるとレベルも低いし生徒の数も少ないけど、彼らは大切な僕の教え子なんだ」

それが僕の答え。

王都の人たちが僕の力を必要としてくれているのなら、助けてあげたい。

だけど、この村にも僕のことを必要としてくれている人たちがいるんだ。

「でも先生、ここで教室を開いているのは気休めみたいなもんでしょ？」

「気休め？」

「うん。だって先生がロット村に戻ってきたのは病気の療養のためなんだよね？　教室を開いたのは、ある意味暇つぶしみたいなものじゃないの？」

「……っ！　ちょっと待ってよカタリナ」

さすがにちょっと反論したくなった。

暇つぶしなんて、そんな言い方はないだろ。

「確かに戻ってきたのは療養のためだけど、僕が教室を開いたのは――」

「暇つぶしで教室を開いているなんて、あり得ませんわ！」

ジュリアが僕たちの間に割って入ってきた。

「確かにナーナアカデミアと比べると規模は小さいですが、ロイド先生は真剣に私たちに魔法を教えてくださっています！　さすがの勇者様でも言っていいことと悪いことがありますわ！」

「……え？　あっ、ごめん。言い方が悪かったかも」

一瞬キョトンとしたカタリナは慌てて訂正する。

「もちろん先生は真面目に教えていると思うよ。あのロイド先生が適当に教えるなんて絶対あり得ないし。だけど、教室で魔導士資格が取れないって時点で、本気モードじゃないよねって言いたいの」

「し、資格？」

「そ。魔導士協会に申請を出してないから、ロット村の魔法教室で魔導士の資格を取るのは無理でしょ？」

「そ、それはそうですけれど……」

「本気でジュリアちゃんたちを魔導士にしたいんだったら、魔導士協会に学校として申請してるはずだもん。や、『しなかった』んじゃなくて『できなかった』っていうのが正解なのかもしれないけどさ」

何も反論できなかった。

ここでやっている魔法教室は「できる範囲で」というのが大前提なのだ。

無理が祟って魔素敗血症になり、療養するためにロット村に戻ってきたのに本気モードで教師をやっていたら本末転倒だ。

魔法の基本は教えるけれど、本気で魔導士を目指すのならどこかの学校に入ってほしいというのが僕の考え。

現に、ジュリアも僕から教わった後で資格を取るために学校に入るという話をしていたし。

だからナーナアカデミアで教師をやっていたときと比べて「本気モード」じゃないのは事実だし、生徒たちもそれを承知で授業を受けている。

本気でやってないんだったら、王都に来てほしいというのがカタリナの主張だろう。

なにせ王都には、本気で僕のことを必要としてくれている人たちがいるのだから。

「そ、それでも私は、ロイド様から魔法を教わりたいです」

そう切り出したのはララちゃんだ。

「ロイド様は私に魔法の凄さを教えてくれたんです。だ、だから、私、どうしてもロイド様から魔法を教わりたい……」

「お、俺もだ！」

「わたくしもですわ！」

「ラ、ララちゃん……それに、みんな……」

目頭が熱くなってしまった。

そんなふうに思ってくれていたなんて嬉しすぎる。

ますます王都には行けなくなってしまった。

三人に熱がこもった言葉を投げかけられ、カタリナはしばし考える。

「……わかった」

そして、観念したかのように小さくため息をついた後、口を開いた。

「ジュリアちゃんはナーナアカデミアを辞めてまでロット村に来てるみたいだし……うん、先生を無理やり奪っていくのはさすがに悪いよね」

「わかってくれたか」

「うん。だから先生の考えが変わるまで、しばらくここにいる」

「そうか。本当にカタリナには悪いけど――え？」

びっくりしすぎて声が裏返ってしまった。

「ちょ、ちょっと待って？　え？　しばらくいるってどういうこと？」

「ん？　どうしたもこうしたもないよ。約束した通り、ロイド先生の療養生活を手伝いながら、心変わりをのんびり待とうかなって」

「……ふぁ？」

ちょっと待って。

いろいろと突っ込むべき箇所があるけど、とりあえず「約束通りロイド先生の療養生活を手伝う」って、何それ。

「そんな約束してないよね？」

「……え？　そうだったっけ？　でも、まぁいいでしょ。うん、いいよね」

「よ、よくないでしょ！　キミ、教会の聖騎士団団長なんだよね⁉　仕事はどうするの⁉」

「ロット村にも教会があるし、そこで仕事できるよ」

「何それ自由すぎ！」

もしかして教会ってば、すんごい働きやすい環境なのかな⁉

もっと厳しくてルールにガッチガチな職場かと思ってたよ！

「しばらく村に滞在されるのですか、勇者様」

と、僕たちの会話を聞いていたのか、フーシャさんがやってきた。

カタリナは嬉しそうに首を縦に振る。

「はい。そういうことにしました」

「であれば、是非ロット村の収穫祭も楽しんでください」

「え？　収穫祭？」

「はい。街から吟遊詩人を呼んで、踊って食べて飲むというロット村の祭りがあるんですよ。皆で農作物を持ち寄って美味しい料理も作る予定なので、是非」

「ええっ⁉　何それ楽しそう！」

カタリナの目がランランと輝き出した。

「そんな祭りがあるときに来るなんて、あたしってばグッドタイミングすぎじゃない？　これは目一杯楽しむしかないよね、先生？」

「………………」

目尻に深いしわを作っているフーシャさんの隣で、げんなりとしてしまう僕。

何だろう。外壕《そとぼり》から埋められている気がする。

というか、いろいろあってすっかり忘れてたけど収穫祭があるんだったな。

これは凄く面倒――いやいや、にぎやかなことになりそうだ。

＊＊＊

いよいよ収穫祭が明日に迫り、ロット村はすっかりお祭りモードになっていた。

村の広場には大きなテーブルや椅子が並べられ、街から招く予定になっている吟遊詩人が歌うステージが組み立てられ始めている。

そのステージのそばには村の人たちから集められた農作物が保管されるスペースと巨大なキッチンもある。

ここでララちゃんのお父さんが腕によりをかけて美味しい料理を作る予定なんだとか。どんな料理が出てくるのか、今から楽しみだ。

というわけで、今日は教室を休みにして収穫祭に出す野菜を収穫することにした。

魔法を使って普通よりも早いスピードで育てることができるようになったけれど、収穫は僕たちの手で頑張るしかない。

間に合った野菜は、トマトにナス。それとトウモロコシだ。

ブロッコリーやニンジン、ホウレンソウも作っていたんだけど、間に合わなかったのが少し残念。

でもまぁ、これだけの種類の野菜があれば十分だよね。

「しかし、結構な量の野菜ができたねぇ……」

畑を見渡しながらつくづく思った。

叔父さんから借りた区画には、合計二十七個もの畝を作ることができた。

そこにびっしりと隙間なく野菜ができている光景はかなり壮観だ。

病気や虫の被害で駄目になる畝が出るかなと思ったけど、それがなかったのが成功の要因だろう。

魔法で成長を加速させているので、虫がつく前に収穫できる大きさまで育てることができたのがよかったんだと思う。

味も普通より多少よかった気がするし、こういうところにも魔法のメリットがあるって素晴らしい。

本当に農業と魔法って、親和性が高いんだな。

「先生」

トマトを収穫していると声をかけられた。

木樽《きだる》に野菜を詰める作業をお願いしているジュリアかな、と思って振り向くと意外な人物が立っていた。

鎧《よろい》を脱いで白いシャツ姿になったカタリナは、物珍しそうに野菜たちを見ていた。

「あれ？　カタリナ？」

「凄いね。いっぱい野菜ができてる」

「どうしたの？　教会の仕事は？」

「一段落したから足を伸ばしてみたんだ。ロット村に来てからずっとデスクワークだったしさ。陽の光を浴びたくなったっていうか」

うんざりとした表情を覗かせるカタリナ。

ロット村にしばらく滞在することになったカタリナだったが、僕の療養生活をサポートするどころか、一歩も表に出られなくなっていた。

どうやら聖騎士団運営と列聖審議官の仕事が重なってしまったらしい。

聖騎士団の本隊は王都に駐留していて、街の防衛と治安維持を国から依頼されているという。

王都近辺に出没するモンスターの討伐や犯罪組織への対処などで部隊を動かす際に諸々の書類申請が必要になり、それをここでやっているみたいだ。

わざわざ馬車を走らせて書類の送付をしてるのかなと思ったけど、魔法を使ってやりとりしているみたいなので、そこらへんのタイムロスはないみたい。

列聖審議官の仕事についてはあまり聞いていない。

だって首を突っ込むと僕の列聖の話になりそうだし。

本当に勘弁してほしい。

「ちょっと体を動かしたいから手伝うよ、先生」

「ホント？　それは助かるな」

祭りは明日だし、猫の手も借りたい状況だったから嬉しい。僕の畑は趣味みたいなものだから、村の人に頼みにくいんだよね。

一番頼みやすいピピンは叔父さんの農地の仕事で忙しいみたいだし。

ちなみに、トンタくんやララちゃんが「手伝います」と言ってくれたけど、気持ちだけ貰うことにした。

彼らも明日の収穫祭に向けて、家の仕事があるだろうからね。

「じゃあ、カタリナはそっちのナスの収穫をお願い。ヘタの部分から切って、そっちのカゴに入れていってほしい」

「おっけ〜」

早速腕まくりをしてナイフを取り出す。

野菜の収穫は初めてだろうけど、さすがにナイフの扱いには慣れているのか手際よくナスを収穫していく。

しかし、とそんなカタリナを見て思う。

学校の授業じゃ十五分とじっとしていられなかったあのカタリナが、一日中デスクワークをしているなんてちょっと信じられないな。

カタリナだけじゃなくて他の生徒たちも救国の英雄として凄い仕事をしてるだろうし、みんな大変なんだろうな。

「そういえば、元クラスメイトの六人で集まったりしてるの？」

「え？　みんなと？」

顔をあげたカタリナの頭が葉っぱだらけになっていた。

ナスの葉っぱって頭に乗せられるような高さにないはずだけど、どうやったらそんなに葉っぱまみれになれるんだろう。

「たまに会ってるよ。ここに来る前にもユンちゃんと会ったし」

「そうなんだ。確かユンって、凱旋してから王国魔法院に入ったんだよね？」

「うん。今期から院長に就任したよ」

「え、ホントに？　そりゃ凄い」

「ユンちゃんだけじゃないよ。他のみんなも国の根幹を担うような肩書になってる。カスミっちも貴族お抱えの魔導士になったみたいだしさ」

カスミは六人の卒業生の中で一番記憶に残っている生徒だ。

なにせ彼女は六人目の五華聖になる予定だったんだから。仮に選ばれていたら「六華聖」になっていたに違いない。

カスミはカタリナたちと一緒に魔王を倒す勇者に抜擢されたけれど、「自分はまだ未熟な魔導士だから」という理由で辞退した。

卒業してからは魔法関係の組織に身を置く話が出ては消えの繰り返しで、何度か相談に乗ってたりしたけど……そっか、貴族付きの魔導士になれたんだな。

まぁ、カスミも他の五人と同じく天才の部類だったからそこまで心配していなかったけどね。

しかし、懐かしい。

カタリナにユン、それにカスミ。

あとはアナスタシアにリリー、エーリカ……。

本当に個性的なメンバーだった。

アナスタシアは名門貴族のご令嬢で、ジュリア並みにプライドが高くて手を焼いた覚えがある。

リリーは南国の大商会の娘さんで、人見知りが激しくてクラスに打ち解けるまでに凄く時間がかかったっけ。

エーリカは王国の大臣の一人娘。

だけど、素行が悪くて更生のために親御さんに無理やりナーナアカデミアに入学させられた不良娘だった。

喧嘩っ早くて他クラスとよく喧嘩してたけれど六人のリーダー的存在で、最後の学園祭では優勝して大泣きしてた。

「なんだか懐かしいな。久しぶりにみんなに会いたくなってきた」

「ほんと？　だったら今すぐ王都に行く？」

「いや、それは遠慮しておくよ。収穫祭もあるし」

「……ちぇっ」

本気で残念そうな顔をするカタリナ。

「みんな先生に会いたがっているんだけどな」

「そうなんだ。それは嬉しいね」

カスミとは卒業後も相談に乗るために会ったりしてたけど、勇者になった他のメンバーは全く会えなかったし、僕のことなんて忘れてると思ってた。

カタリナが突然現れたときは驚いたけれど、こうやって会いに来てくれるのは正直、嬉しい部分がある。

とは言え、できれば顔を見せるくらいだとありがたいんだけど。

「……ん、ちょっと待って」

と、僕の脳裏に一抹の不安がよぎった。

「もしかして、キミみたいにロット村におしかけてこないよね？」

ほら、みんな独創的というか、一般常識が通用しないところがあったからさ。

「ん～、どうだろう？」

カタリナは収穫の手を止め、ニヤリと不敵な笑みを浮かべる。

ちょっとホントにやめて。

全員、良家の出身だけど性格がアレだから本当にいきなり押しかけてきそうで怖いんだよ。

実際にカタリナがこうして来てるわけだし。

一応、「みんなには僕がロット村にいることを教えないでね」と釘《くぎ》を刺しといたけど、「わかってるからぁ」とニヤケ顔で答えられた。

ううむ。不安すぎる。

カタリナのわかってるという言葉ほど、説得力がないものはない。

とりあえずその不安は飲み込んで、残りの作業を続けることにした。

カタリナの協力のおかげもあって、一時間程度でトマトとナスの収穫を終えることができた。

それからジュリアに合流して、追加で収穫した野菜を木樽に詰めて、全ての作業は終了だ。

「……あの、勇者様」

木樽を荷車に積んでいたとき、誰かがカタリナに声をかけてきた。

そちらを見ると、申し訳なさそうな顔をしているフーシャさんが立っていた。

「お客様としてお招きしておきながら大変恐縮なのですが、少々残念なご報告がありまして」

「どうしたんですか？」

「実は明日来る予定だった吟遊詩人グループが、急遽キャンセルになりまして」

「え？　キャンセル？」

カタリナよりも先に驚いてしまった。

吟遊詩人の仕事は信頼で成り立っていると聞いたことがある。

彼らは組合を作っていない個人商売なので、信頼の失墜はご飯の種を失うことに繋《つな》がるからだ。

だから事前キャンセルなんて絶対にやらないはず。

一体どうしたんだろう。

「何かあったんですか？」

「何でも領主様が人狩り対処のために街道を封鎖されたようで」

「人狩り」

カタリナの表情がこわばった。

「勇者様もご存知で？」

「もちろんです。最近、王都近辺でも彼らの動きが活発化していて、先日も大手の人狩り組織を壊滅させたところなんですよ」

人狩りとは、簡単に言えば「人さらい」を生業《なりわい》としている犯罪組織のことだ。

彼らがターゲットにしているのは女性や子供で、村を襲って誘拐しては奴隷商に売りつけている。

盗賊と違って人狩りが厄介なのは、騎士団顔負けの重武装をしているところだ。

奴隷商売は莫大な金を生む。

だからこうして国を上げて対処しなくてはいけないほど、人狩りが横行している、というわけだ。

詳しく聞いたところ、領主へリクセン様が大規模な「人狩り狩り」を始めたらしく、街道を封鎖して子飼いの騎士団を動かしているとか。

ううむ。そういうことならキャンセルになっても致し方なしか。

「本当に申し訳ありません、勇者様」

「気にしないでください村長さん。私はロイド先生と一緒に美味しい料理が食べられればそれだけで満足ですから」

「……そう言っていただけると助かります」

苦笑いを浮かべるフーシャさん。

だけど、どこか残念そう。

吟遊詩人グループが来られなくなると、収穫祭もいまいち盛り上がりに欠けてしまうかもしれない。

まぁ、美味しい料理とお酒が飲めれば十分だろうけど、せっかくカタリナが来てるわけだしなぁ。

吟遊詩人の演奏の代わりになるような、何か盛り上がれる催し物はないものか。

「……あ」

と、僕の頭にとあるアイデアが浮かんだ。

「どうなされました？　ロイド様？」

「あ、いえ。吟遊詩人の演奏に代わるちょっといいアイデアが浮かびまして」

「おお⁉　本当ですか⁉」

フーシャさんの顔がパッと明るくなった。

「それで、どのような内容で？」

「ええっと――」

と、僕はそこで続く言葉を飲み込んだ。

そして、言葉の代わりにフーシャさんに笑顔を送る。

「――まぁ、どんなイベントなのかは明日までのお楽しみということにしておいてください。大丈夫です。絶対に盛り上がりますから」

＊＊＊

収穫祭を迎えた朝は、雲ひとつない最高のお祭り日和だった。

村の広場に並べられたテーブルには、ロット村の幸が数え切れないほどに並べられている。

豚を一匹丸ごと焼いたものや、丸くした豚のひき肉に小麦や砂糖をまぶして串に刺して焼いたスイーツっぽいものまである。

豚は人々に美味しい肉を提供するだけじゃなく、地域によっては「清掃人」として大活躍している。

家々から出てくる生ゴミを片っ端から食べてくれるのだ。

大きな街では清掃業者がゴミを回収しているけど莫大なコストがかかる。

一方の豚はコストがゼロで、さらには丸々と太って食卓にのぼってくるというおまけつき。

だからそんな大切な豚を丸ごと一匹食べるなんて、こういう催事の日しかないんだよね。

豚料理の隣にはイノシシの丸焼きに鶏肉の卵黄まぶし、森で採ってきた果実入りのパイ、さらには羊肉まである。

羊は多分、トンタくんのお父さん、グエンの家のものだろう。

羊ミルクを提供するって言ってたけど、肉も出すことにしたんだな。

テーブルには、他にも魚料理や果物。

それに、蜂蜜《はちみつ》酒などのお酒も並んでいる。

「ウマウマですわ！」

令嬢らしからぬ声をあげたのは、ジュリアだ。

その手にはサラダやら肉料理やらがどっさり載ったお皿が握られている。

「そんなに美味しい？」

「ええ！　これはロイド先生がお作りになられた野菜ですよね!?　甘くて味がしっかりとしていて……それに、何だか体が元気になっているような感じがありますわ！」

「ホント？　そりゃ凄いね」

確かに普段にも増して元気な気がするな。

試食したときはちょっと美味しいなくらいの感想だったけど、もしかして僕の魔法で体を元気にさせちゃってるのかな？

「これは最高の料理ですわ。お父様にも食べさせてあげたかった」

「そう言ってもらえるのは嬉しいけど、キミの家ではもっと美味しい料理がたくさん出てるでしょ？」

「先生、一流の料理に必要なのは新鮮な食材です。例え一流の料理人が作った料理だろうと、いい食材を使った料理に勝つことはできません」

「そ、そうなの……かな？」

それを聞いたら村の農家の人たちは大喜びだろうけど、ヴィスコンティ家の専属料理人さんが泣いちゃわない？

彼らが作った料理も美味しいよ。絶対。

「お兄様！」

ニコニコ顔のピピンがお皿を持ってやってきた。

「はいこれ。お兄様の分です」

「……え？　僕の？」

「肉料理は人気なので、ピピンが取っておきました！」

「おお、ありがとう。お客さんも多いみたいだし、肉料理は諦めてたんだよね」

「えへへ。そうだろうと思っていました」

ピピンはララちゃんのお父さんの手伝いをしているので、料理を確保できたのだろう。実にグッジョブすぎる。

「ジュリア様、美味しそうに食べていらっしゃいますね」

ピピンがホッとしたような表情でジュリアを見る。

「ロット村の料理がジュリア様のお口に合うか心配だったんですけど、よかったです」

「まぁ、ちょっと合いすぎ感はあるけどね」

ジュリアは令嬢らしからぬというか、庶民的感覚があるからな。

まだ村に来てひと月足らずなのに、随分と馴染《なじ》んでるし。

馴染んでいるといえば、もうひとりいるな。

ちらりと、広場の片隅のテーブルを見ると、ララちゃんとトンタくん、それにジョッキ片手にぐだっているカタリナの姿があった。

頬を上気させているカタリナには、魔王を討伐した偉大な勇者の威厳はない。

どっからどう見ても、酒場で飲んだくれてる駄目なお姉さんだ。

そんなカタリナの隣に座って、ピピンに持ってきてもらった料理を食べることにした。

「随分酔ってるみたいだけど、大丈夫？」

「んあ〜、幸せ……」

本当に幸せそうにニヤけるカタリナ。

「聞いてよ先生。あたしってさ、美味しい料理とお酒があれば他はもうどうでもよくなる性格なんだよね。魔王討伐のときも、美味しいお酒飲んで旅をやめちゃおうってなったもん。まぁ、エーリカに怒られて続けることにしたんだけど」

「そうなんだ。でもその話、あまり人がいるところでするのはやめてね？　特に子供の前とかさ」

ほら、ララちゃんも目を丸くしてるじゃない。

魔王討伐がお酒のせいで失敗に終わるところだったなんて、誰も聞きたくないよ。きっと。

「ララちゃんも楽しんでる？」

「は、はいっ！　毎年、このお祭りが楽しみなんです！」

「そうなんだ。美味しい料理がいっぱい出てくるから楽しいよね」

「でも、今年はトンタがちょっと」

「……え？　トンタくん？」

ララちゃんの視線を追いかけ、トンタくんを見る。

ぎょっとしてしまった。

全然気づかなかったけど、白目を剥いて魂が抜けたようになっている。

「ちょ、トンタくん、大丈夫？」

「……んがっ⁉」

はっと我に返るトンタくん。

「半分あの世に逝っちゃってるみたいな顔してたけど」

「へ、平気だよロイド様。お、おお、俺、全然緊張なんてしてないから」

「緊張？　……あっ」

なるほど。アレがあるから緊張していたのか。

罪悪感を覚えてしまった。せっかくのお祭りなのに、トンタくんをこんな風にしてしまったのは僕のせいなのだ。

「ごめんね？　僕が急に変なお願いしちゃったからだよね……」

「き、気にすんなって！　俺も祭りを盛り上げたいし！　吟遊詩人が来られなくなったんだから、俺らが頑張らないとな！」

トンタくんが明らかな空元気で笑顔を作る。

「で、でも、本当に私たちにできるのかな？」

ララちゃんもトンタくんにつられてか、不安げに尋ねてきた。

「ジュリア様は大丈夫みたいですけど……私も緊張してきたな……」

「まぁ、ジュリアはね」

あの子の辞書に緊張って言葉はなさそうだし。

国王の御前に立つってなってもケロっとしてそうだ。

「大丈夫だよ。今のララちゃんたちなら絶対成功するから」

「ほ、本当ですか？　ロイド様がそうおっしゃるなら……うん、なんだか大丈夫な気がしてきました」

自分に言い聞かせるように、こくこくとうなずくララちゃん。

なんだかジュリアとの比較が面白いな。

何にしても、イベントがうまくいくようにきっちりサポートしてあげよう。

「皆様、お待たせいたしました！」

と、フーシャさんの声が広場に響いた。

「それでは今年度の収穫祭のメインイベント……ロイド様と魔法教室の生徒たちによる、魔法のデモンストレーションを行いたいと思います！」

「おおおおっ！」

広場にどよめきが起きた。

それがフーシャさんに提案した、吟遊詩人演奏の代わりになる催し物だった。

魔法のデモンストレーションはそれほど珍しいものではない。

毎年春先になると魔法学校の入学生誘致のために行われることがあるし、学校の規模によっては劇場を貸し切って大々的に興行されたりする。

そんなデモンストレーションを生業とする「奇術師《マジシャン》」は職業として定着していて、第一線を退いた魔導士の再就職先として人気が高い。

今回、僕たちがやるのは簡単なものだけど、魔法に馴染みがないロット村の人たちが見たら大盛り上がりするだろう。

その証拠に、ステージの前にはすでにたくさんの人たちが集まってきている。

「……よし、それじゃあ、ステージに向かおうか」

「は、はいっ！」

「よっしゃ！」

「みんな、頑張って～」

カタリナに見送られ、いよいよステージへと向かう。

今回デモンストレーションをするのは、ジュリア、ララちゃん、トンタくん。そして僕の四人だ。

最初に生徒の三人が魔法を披露して、最後は僕の魔法で締める予定。

ステージのそばに行くと、すでにジュリアがやる気満々でスタンバっていた。

「まずはわたくしからですわね」

「うん。よろしく頼むよ」

「が、頑張ってください、ジュリア様！」

「き、緊張すんなよ、お姉ちゃん！」

「ご心配無用ですわ。可愛い後輩に歩きやすい花道を作ってあげるのも、先輩の大事な仕事ですからね」

ジュリアはニコリと微笑むと、颯爽とステージに上っていった。

「……皆様、ごきげんよう。ジュリア・ヴィスコンティと申します」

スカートの裾をつまみ、可憐にお辞儀をするジュリア。

その表情には緊張のかけらもない。

さすがは舞踏会に出ているご令嬢だな。本番に強い。

「これからわたくしたちがロイド先生から教わっている素晴らしい魔法の一端を皆様に披露させていただきますわ。椅子から転げ落ちないようにご注意くださいまし」

ジュリアは人さし指をピンと立てると、くるくると円を書きながら魔法の発動準備に入った。

翡翠色《ひすいいろ》に発光した彼女の指先が、空中に光の円を作る。

そのとき、ジュリアの足元からいくつもの木の根が伸び始めた。

「……おおっ⁉」

観客から歓声があがる。

彼らの声に後押しされるようにジュリアの足元から生えてきた木の根は空に向かって伸びていき――やがて大きな人の形を作る。

「うええっ⁉」

瞬間、観客の歓声が悲鳴へと変わった。

「モ、モモ、モンスター⁉」

「うわっ⁉　モンスターを召喚したぞっ⁉」

「落ち着いてくださいまし。この子はツリーゴーレム。モンスターではなく精霊の一種ですわ」

ジュリアが観客に向かって一礼する。

するとジュリアが召喚したツリーゴーレムも、彼女の動きをなぞるようにうやうやしく頭を下げた。

ジュリアが使ったのは、生命を司る《木属性》の魔法【召喚魔法《サモネス》】だ。《木属性》魔法は、命を与えたり変化させたりすることができる。

ジュリアが得意とするのは《闇属性》の外傷魔法だけど、見栄えを重視して《木属性》を披露してもらうことにしたんだよね。

普通はこんなに多くの属性を扱えないんだけど、ジュリアがお姉さん譲りの天才でよかった。

観客の反応を見る限り、予想通りインパクト抜群だったみたいだ。

ジュリアが言ってた通り、これで後輩たちも気後れすることなく魔法を披露できるだろう。

「それでは続きまして、ロット村の小さな魔導士たちを紹介しますわ」

ジュリアがこちらにアイコンタクトを送る。

僕はトンタくんの背中をそっと押した。

「よ、よしっ」

気合を入れたトンタくんが、ステージに上がる。

「……おお、トンタ、トンタだ！」

「えっ⁉　トンタって魔法が使えるのか⁉」

ギャラリーから驚きの声があがる。

トンタくんは元々【羊使い】の魔法を使ってたんだけど、あれが魔法だってことは知られていないみたいだ。

「今から彼が少々危険な魔法を使います。お見逃しのないようご注意くださいまし」

ツリーゴーレムがジュリアからりんごをひとつ受け取り、手のひらに乗せる。

トンタくんが目をつむった。

多分、イメージに集中しているのだろう。

魔法を上手く発動させるにはイメージすることが重要――うん、僕が教えたことを実践してるね。

「よし、いくぜっ！」

トンタくんが勢いよく手を上げると、シュッと空中で手刀を切る。

瞬間、青白い刃のような光が放たれ、ツリーゴーレムの手のひらに乗せられていたりんごを見事に真っ二つにした。

「おおおおっ！　凄い！」

思わず僕も観客と一緒に拍手を送ってしまった。

トンタくんが使ったのは《闇属性》の【斬烈衝《カッティア》】という魔法で、離れた対象を切断することができる。

上手く対象に当てることが難しい魔法なんだけど、この短期間でよく使いこなせるようになったね。

「お次は、ララさん。お願いしますわ」

「あひっ⁉」

さっきまで余裕な感じだったララちゃんの顔が一瞬で強ばる。

いざ本番となったらやっぱり緊張してしまうよね。

「リラックスしてララちゃん。キミの魔法は一級品だから」

「……っ！　あ、ありがとうございます、ロイド様！」

ララちゃんはぎこちない笑顔を見せ、まるで操り人形のような動きでステージに上がっていく。

なんだか初々しくて可愛いな。

彼女は観客に深々と一礼し、ギュッと目を閉じる。

しばしの静寂が降り――。

「……えいっ」

ララちゃんの声が跳ねると同時に、ツリーゴーレムが手に乗せている割れたりんごに黄金色の光の粒が集まり始めた。

そして、まばゆい光に包まれ――りんごは元の形へと戻る。

「うわっ⁉　元の形に戻った⁉」

「ウソだろ⁉　すげぇ！」

観客からどよめきが起きる。

ララちゃんが使ったのは、《光属性》の【裂傷治癒】の魔法だ。

【裂傷治癒】はその名の通り裂傷を治癒する魔法なんだけど、りんごくらい対象が小さいものなら切断されたものでも元に戻すことができる。

日常生活でも活躍する魔法なんだけど、普通は習得に半年くらいかかる難しい魔法。それをひと月たらずで習得したララちゃんって、やっぱり《光属性》……というか、魔法の才能があったんだな。

観客の拍手を受け、トンタくんとララちゃんが笑顔でお辞儀を贈る。

興奮は最高潮といった感じだ。

「それでは最後に、わたくしたちに魔法を教えてくださっているロイド先生にステージに上がってもらいましょう」

よし。それじゃあ最後は僕の魔法で締めるか。

ジュリアに呼ばれてステージに上がった僕は、ララちゃんと同じ《光属性》の魔法を発動させた。

「……え？　今、何かやったのか？」

「何も起きてないみたいだけど……あっ」

空を見上げた観客が驚きの声をあげた。

「す、すげぇ！　空だ！　空を見てみろ！」

「空？」

「うおっ⁉　まだ朝なのに夜空になってるぞ⁉」

さっきまで明るかったロット村の空はすっかり夜空に変わり、綺麗な星がきらめいていた。

さらに、北方地方でしか見られない七色に光る「オーロラ」も輝いている。

ロット村の人たちは見たこともない景色に声を失っているようだった。

と言っても、実際に天気を変えたわけじゃない。

これは《光属性》の【幻惑術《テンポラリ》】という幻術魔法。

つまり、ここにいる人たちは、僕が作った幻影を見ているというわけだ。

「す、すげぇ」

「綺麗……」

「す、凄いですわ……ロイド先生」

ステージの生徒たちも驚いている様子だった。

まぁ、彼らにも見せたことはないからね。

頑張ったご褒美……みたいなものかな。

というわけで、魔法のデモンストレーションは大盛り上がりで幕を下ろした。

観客からはアンコールの声が出ていたし、フーシャさんは「近年稀《まれ》に見る盛り上がりでした」と大喜びだった。

うん。やってよかったな。

「……いやぁ、凄かったね先生」

今回の主賓とも言えるカタリナも興奮冷めやらぬ様子だった。

「先生の幻術魔法は言わずもがなだけど、生徒の子たちの魔法も凄かった。ララちゃんとかトンタくんって、魔法を勉強し始めてまだ一ヶ月くらいなんだよね？　当時のあたしよりも全然魔法が使えてるんじゃない？」

「彼らの才能には僕も驚かされてるよ。でも、まさか故郷に優秀な魔導士の卵がいたなんてね」

「ジュリアちゃんもあの年齢で召喚魔法を使いこなしてるし、お姉さん以上の才能があるのかも。こりゃ全員、凄い魔導士になるね」

「そうだね。だから僕はここで彼らに魔法を教えたいんだ。キミが言ってたように、教室が

『半分遊び』だとしてもね」

「……っ」

カタリナが驚いたように目を瞬かせた。

「新ロイド教室は正式な魔法学校じゃないから卒業しても魔導士の資格は取れないよ。だけど、彼らの成長を助けてあげたいんだ」

「……才能が埋もれてしまわないように？」

「うん。前にキミにも言ったよね」

ロイド教室に入ったばかりの頃、カタリナはあまり真面目に授業を受けていなかった。というより、魔法に興味を持っていなかった。

ナーナアカデミアに入学したのはカタリナの意思ではなく、親御さんの意向だったからだ。

僕もそのことは知っていた。

だけど、カタリナに魔法の才能の片鱗《へんりん》を見ていた僕は、諦めなかった。

毎日カタリナと話をして、彼女に魔法の素晴らしさを見せて、少しでも魔法に興味を持ってもらおうとした。

本当にそれがよかったのかはわからない。

だけれど、カタリナは次第に真面目に授業を受けるようになって、他の生徒たちと一緒に勇者に抜擢されるような優秀な魔法剣士になった。

才能が埋もれてしまうほど悲しいことはない。

そうならないように、優秀な小さな芽を大樹にしてあげることが僕の役目であり、使命なんだと思う。

「……先生の想い、よくわかった」

しばし考えていたカタリナが、そっと口を開いた。

「先生を王都に連れていくのは諦める」

「……えっ」

ぎょっとしてしまった。

理解してくれとは思っていたけど、こうもすんなりいくなんて。

「い、いいの？」

「手ぶらで帰っても平気なのかって？　ま、あたしとしては今すぐ一緒に王都に来てほしいけど、あんな魔法を見せられたらまずはみんなを見てあげてって思っちゃうよね」

カタリナが照れくさそうに笑う。

つられて僕も頬を緩めてしまった。

彼女のその笑顔は、学生時代のカタリナそのままだった。

「ただ、完全に諦めたってわけじゃないからね？　生徒のみんなが卒業するくらいになったら、改めて先生を王都に誘いに来ることにするよ」

「わかった。ありがとうカタリナ」

「いいって。その代わりって言っちゃアレだけど、次にここに来るときは先生に正式にプロポーズしちゃうからね？」

「うんうん。そういうことならいつでもウェルカム――ふぁい？」

素っ頓狂な声が出てしまった。

かすかに頬を赤らめているカタリナを見ながら、彼女の口から放たれた言葉を心の中で反芻《はんすう》する。

「……ちょっと待って!?　プロ!?　え!?　今、何て言った!?」

「えっへっへ。続きはまた今度ね、先生！」

「続きって何!?　ちょ、ちょっと待ってよ！」

ひらひらと手を振りながら、颯爽と去っていくカタリナ。

そんな彼女の背中を呆然と見つめる僕。

何この終わり方!?

トラブルは解決したはずなのに、もっとドでかいトラブルが生まれちゃう予感しかしないんだけど！

＊＊＊

収穫祭が終わり、いつもの長閑《のどか》な雰囲気に戻ったロット村に一台の馬車がやってきた。

カタリナが王都に戻るために呼んだ馬車だ。

最後のお見送りをしようかと思って、カタリナがいる教会を訪れたのだけれど、何やら司祭さんたちが慌ただしく動いていた。

週末じゃないので、ミサが開かれるというわけではないと思う。

何やら白い鎧を着た騎士みたいな人たちもいるし、ちょっと嫌な予感がする。

「……あ、先生」

慌ただしい空気に呆気にとられていると、声をかけられた。

白い鎧に身を包んでいるカタリナだ。

彼女と一緒にいた司祭さんから、うやうやしく頭を下げられた。

多分、例の列聖の件で崇敬の念を抱かれているのかもしれない。

王都で噂になっているとか言ってたし。

ううむ。なんだか教会に来づらくなっちゃったなぁ。

「ごめんね先生。なんだか騒々しくて」

「いや。こっちこそいきなり来てごめん。というか、何かあったの？」

「う～ん。それが少しだけまずいことになっちゃってさ」

「え？　まずいこと？」

って何だろう。

もしかして列聖審議会で僕の列聖許可が下りなかったとか？

だとしたらむしろ朗報なんだけど。

「先生、『黒の旅団《ブラック・ラック》』って名前、知ってる？」

「ブラ？　いや、初耳だな」

旅団っていうくらいだから、どこかの傭兵団なのかな？

「最近、王都近辺でも活発に動いている人狩り組織の名前だよ」

人狩り。

人をさらって奴隷商人に売りつける、人さらい集団のことか。

先日の収穫祭に吟遊詩人たちが来られなくなった原因を作った連中でもある。

「黒の旅団は他の人狩りと違ってしっかりとした統制の取れてる連中でさ。これまで末端のごろつきを捕らえることはできたんだけど、幹部連中の動きは全くわからなかったんだ」

「わからなかった？」

その言葉に引っかかりを覚えた。

過去形で話してるってことは、つまり——。

「うん。王都の教会総本山からの情報で、黒の旅団の幹部がロット村近辺に向かってるらしいんだ」

「……えっ。それって結構まずいんじゃ？」

ロット村に観光ってわけじゃないだろうし。

十中八九――人を狩りに向かってるってことだよね？

「そうなんだ。それで、あたしたちがその対処を命じられたってわけ」

「……なるほど」

それでこんなに慌ただしくしているわけか。

騎士みたいな人たちはカタリナの部下の教会騎士だろう。

てことは、村に来た馬車は彼らが乗ってきたものだったのか。

しかし、人狩りか。ちょっとマズいことになってきたな。

ロット村には子供もいるし、戦えるのは衛兵のボルトンさんたちくらいしかいない。重武装した人狩り集団に襲われたらひとたまりもない。

カタリナがいれば村が襲われても追い返してくれるだろうけど、心配なのは村の外に出た場合だよな。

一応、フーシャさんに伝えてなるべく村から離れないよう注意を促してもらった方がいいかもしれないな。

でも、カタリナが来てくれて本当によかった。

総本山から対処を命じられたってことは、しばらく村に滞在することになるんだろうし――。

「……ん？　ちょっと待って。てことはカタリナは」

「えっへっへ」

カタリナがニンマリと笑顔を覗かせる。

「そうなの！　黒の旅団の幹部を捕らえるまで、しばらくここにいていいことになりましたっ！」

「……ウソでしょ」

愕然《がくぜん》とする僕をよそに、カタリナはステップを踏みながら背後に回って、うざったらしい表情で僕の顔を覗き込む。

「えへへ、今どんな気分？　嬉しい？　ねぇ、嬉しい？　先生？」

「……まぁ、そうだね」

これは朗報、なのかな？

――いや、その黒の旅団っていう連中がこっちに向かっていること以上に、超ウルトラバッドニュースなのかもしれない。

幕間その二　ブライト校長の苛立ち

ナーナアカデミア校長、ブライト・ハリーは焦っていた。

年に一回開かれるはずの学校理事会が急遽開かれることになったからだ。

緊急理事会の議題はただひとつ。

ここ一ヶ月の間に起こっている、アカデミアからの「生徒離れ」。

魔導士の名門にして子爵の爵位を持つヴィスコンティ家の三女ジュリアが突然学校を辞めたことを皮切りに、他教室の生徒たちも次々と他の学校へと転校している。

その事実に、校長のブライトも困惑していた。

旧ロイド教室の生徒が他校に転校していく理由ならまだわかる。

彼らは狂信的にロイドのことを慕っていて、彼がいない学校に価値はないとまで言い切っているからだ。

だが、他の教室の生徒まで学校を離れていく理由はわからない。

「さて、キミの見解を聞こうじゃないか。ブライト・ハリー」

臨時学校理事会が開かれている学校の会議室。

理事長の低い声が響いた瞬間、円卓を囲む理事会メンバーの視線がブライトに一斉に降り注いだ。

学校理事会はナーナアカデミアに出資している貴族から構成されていて、理事長は王国魔法院の評議会にも席を置く大物だ。

つまり、雇われ校長であるブライトにとって理事長は立場も地位も上の存在であり、彼らの意に背くことは立場的「死」を意味するのだ。

「……推測するに、保護者との見解の不一致が原因かと」

「見解の不一致？」

理事長が眉根を寄せた。

「は、はい。学校の方針への理解度が低かった可能性があります。なので、近日説明会を開いて、彼らの理解を得るべく――」

「随分と呑気《のんき》に構えているではないか」

口を開いたのは、理事長の隣に座る副理事長だった。

彼は怪訝な表情を浮かべたまま、続ける。

「見解の不一致？　ハッ、政策の失敗の間違いじゃないのか？」

「…………」

ブライトは奥歯を噛みしめる。

副理事長も理事長にまさるとも劣らない大物だが、年齢はブライトよりもひと回りは若い。

そんな若造に鼻で笑われるなんて、ブライトは我慢ならなかった。

理事長が副理事長を手で制して続ける。

「我々理事会が独自に調査したところ、キミの方針に疑問を抱いている保護者が多いことがわかった」

「……っ？　わ、私の方針に？」

「そうだ。多くの生徒たちがナーナアカデミアを離れている理由は質の高い教師の解雇と一般入学を強行したことに起因した、教師と生徒の質の低下だよ」

「なっ⁉」

ブライトは焦燥感に駆られてしまった。

今理事長が口にしたのは、以前にロイド・ギルバルトが提言してきた内容そのものだったからだ。

ロイドだけではなく多くの高給職員を追放し、組織の再編成を行っていたのは事実。

だが、ブライトはそれが原因だとは到底思えなかった。再編成した各教室の教師から「問題は起きていない」と報告を受けていたからだ。

「不思議そうな顔をしているな？」

理事長が首を捻る。

「は、はい。私が教師から受けていた報告とは真逆の話でして……」

「それはそうだろう。優秀な教師でも簡単に退職勧告を受ける状況で自分に不利な報告をすればどうなるかなど、火を見るよりも明らかだからな」

「……っ」

「それに、先日の学園祭を見れば教師たちの報告が虚偽だということなどすぐにわかるはずだが？」

　理事長が言っているのは、先日開催された学園祭の模擬戦のことだ。

　リンド教室が散々な結果になったのは言わずもがなだが、去年と比べて生徒たちの実力が小粒になっているとブライトも感じていた。

　あれは、気のせいではなかったのか。

「それに目を通せ、ブライト校長」

　理事長が一枚の紙をブライトに投げる。

　一瞬怪訝な顔をするブライトだったが、書面の押印を見て背筋がスッと寒くなった。

　王国の押印。

　つまりこれは、王国からの公式文書ということになる。

「王国の財務局からの通達だ。生徒の減少によりナーナアカデミアへの資金援助が切られる可能性が出てきた。さらに、不当に魔導士が解雇されている疑いがあるため、魔導士協会の調査団が派遣される」

ブライトの額にブワッと大粒の汗が浮き出てくる。

焦る気持ちを落ち着かせ、ざっと書類に目を通したが、確かに資金援助の打ち切りを匂わせる内容と、魔導士協会の調査団が派遣される内容が書かれていた。

まずい。調査団は最悪ごまかせるかもしれないが、資金援助の打ち切りは本当にまずい。

ナーナアカデミアの経営は国の支援金頼みな部分が大きく、打ち切られれば間違いなく閉校に追い込まれてしまう。

その未来を想像して、ブライトがまず危惧したのは生徒たちの未来――ではなく、自分の生活だった。

校長就任と同時に一等地に買った自宅の貸付金返済が滞ってしまうし、避暑地に購入した別荘も手放さなくてはならなくなる。

ようやく手に入れた、貴族並みの生活ができなくなる。

それだけは、どうしても避けなければ。

「いいか、ブライト校長」

理事長が芯の通った声で言う。

「理事会としてもこの事態は非常に重く捉えている。今すぐに対処しろ。数ヶ月以内に事態の好転が見られない場合――キミの代わりに別の校長をあてる」

「……っ⁉　そ、それは」

「言い訳など聞きたくない。キミに高い金を払ってナーナアカデミアの校長の椅子に座らせているのは、こういう問題を解決するためだ」

「………………」

「すぐにこの件を解決しろ。理事会からの話は以上だ」

一方的にブライトを糾弾した理事会は終わった。

ため息と落胆の眼差しをブライトに向け、次々と会議室を後にする理事会メンバーたち。

ひとり残ったブライトは、ふつふつと湧き上がる憤怒の感情に身を震わせる。

そして、その怒りに後押しされるように決意した。

――いいだろう。

生徒の減少に対処しろというのなら、やってやろうじゃないか。

ただし、手段は選ばない。

どんな結果になろうと、追い詰めたあんたたちの責任だ。

＊＊＊

「……ん？」

廊下を歩いているブライトの目に飛び込んできたのは、校長室の前にできている妙な人だかかりだった。

幾人かの大人と、彼らに取り囲まれているひとりの教師。

身なりから推測するに、生徒の親だろう。

あまりいい状況ではなさそうだと、ブライトはため息をつく。

「……あっ、親父っ！」

彼らに問い詰められていた教師がブライトに気づいた。

ブライトの息子、リンド・ハリーだ。

リンドは慌ててブライトにすがりつく。

「せ、生徒の親御さんが親父に用事があると」

「ご両親が……？」

よく見れば見覚えがある顔だった。

多分、全員がリンド教室の生徒の親たちだろう。

「皆様、どうなされましたか？」

「どうされましたかじゃないですよ、校長先生！」

親たちは語尾を荒らげながら続ける。

「ロイド先生はどちらに!?」

「……ロイド先生？」

「そうですよ！　ウチの子の担任がロイド先生から別の方に代わるなんて聞いていません！　私たちは子供にロイド先生の授業を受けさせたくてナーナアカデミアに入学させたのですよ！」

またその話か。

ブライトは心底、嫌気が差してしまった。

こうやってリンド教室の親がやってくるのは何度目だろう。

学校の人事に口を出すこと自体が間違いだということを、彼らはわかっているのだろうか。

先日やってきた親は、学園祭での成績についても苦言を呈していた。

学園祭の教室対抗戦が大失敗に終わり、リンド教室の評価は地に落ちている。いつもなら学園祭が終わってすぐに、生徒に会いたいと国家機関の使者が学校を訪れるはずなのだが、今年はそれもなかった。

それを聞いて、生徒の親たちも焦っているのだろう。

だが、知ったことではない。

国家機関から声がかからなかったのは生徒が無能だっただけ。

校長たる自分の責任ではない。

理事会といい、どいつもこいつも責任転嫁ばかりで嫌になる。

「……ご安心ください」

ブライトは怒りを抑え、努めて冷静に優しい口調で続ける。

「ロイド先生は体調不良のために一時的に休暇を取っているだけです。まもなく学校に戻りますよ」

「……っ⁉」

親たちの間にどよめきが起こった。

「た、体調不良⁉　ロイド先生は大丈夫なのですか⁉」

「ご心配ありがとうございます。少々疲れが出てしまっただけです」

「そ、そうでしたか……よかった」

忌々《いまいま》しい。

親たちの反応を見て、ブライトは胸中で吐き捨てる。

こいつらは何故それほどあの男を盲信するのか。

ロイド・ギルバルトが少々魔法に長けているのは認めよう。

だが、あの男が教師として優れているのかは甚《はなは》だ疑問だ。教え方が上手いのではなく、ただ運よく才能にあふれた生徒の担任になっただけだというのに。

理事会の連中も、親たちもわかっていない。

ナーナアカデミアを立て直し、数多くの優秀な魔導士を輩出してきているのは、校長たる自分の手腕なのだ。

ひと通りロイドの状況を知って安心したのか、親たちは早々に帰っていく。

だが、落ち着きを取り戻した校長室前にリンドだけが残っていた。

「……まだ何か？」

「親父、まさか本当にあのクソ野郎を学校に戻すつもりなのか？」

不安げにリンドが尋ねる。

ブライトは、重いため息をひとつ。

「最悪そうせざるを得ません。ですが、そうしなくていいように手は打っています。少々手荒い方法ですがね」

「手荒い方法？　何をするつもりなんだ？」

「人狩りですよ」

「ひ、人狩り？」

リンドの表情が曇る。

「人狩りって、人身売買してる人さらいの連中だよな？」

「そうですよ。エンセンブリッツから遠く離れた辺境の地から、彼らに子供を連れて来てもらうんです」

それがブライトが考えた強硬手段だった。

エンセンブリッツに近い場所でやれば問題が発覚してしまうだろうが、遠く離れた場所から連れてくればバレる恐れはない。

それに万が一発覚しても、大きな問題にはならない。

子供には「両親から魔法学校に連れていくよう頼まれた」と伝えれば納得するだろうし、親には「ナーナアカデミアにスカウトされた」と言えばいいのだ。

「少々強引ですが、子供もご両親も泣いて喜ぶでしょう。なにせ、入学金なしで天下のナーナアカデミアで魔法の授業を受けることができるのですからね」

「……な、なるほど、さすがは親父だ！　完璧な計画だな！」

喜々とした表情で手を叩くリンド。

ブライトは得意げに鼻を鳴らす。

「ふん。当然です。私を誰だと思っているのですか」

減った生徒を補填できれば、無能な理事会連中も納得だろうし、学校の方針に口を挟んでくる親を持つ生徒を強制的に退学させることもできる。

誰にも文句は言わせない。

ナーナアカデミアの校長の椅子は、誰にも渡すものか。

第三章　最強の魔法教師、うっかり故郷の危機を救う

気づけばロット村に戻ってきて半年が経っていた。

魔法教室は相変わらず週に四回の頻度でやっていて、それ以外の時間は畑をやったり散歩したり釣りをやったりと、のんびり生活を送っている。

そのおかげか魔素敗血症の症状は落ち着いていて、先日診てもらった医師によれば寛解《かんかい》――つまり、このまま治る可能性もあるらしい。

だけど無理をすればすぐに悪化する可能性もあるので注意が必要なのだとか。

というわけで引き続き療養生活を続けることになったんだけど――ここ最近は体よりも心があまり休めていなかった。

原因は、ロット村近辺に向かっているという噂が流れた人狩り集団「黒の旅団」の件だ。

人狩りの噂が流れてすぐ、フーシャさんは対策を打ってくれた。

まず強化してくれたのは、ロット村の見回りだ。

村に駐在している衛兵のボルトンさんとケインさんの見回り回数を増やし、村に出入りしている行商人から近辺情報を得るようにしている。

さらに、領主様に追加の人員を要請してくれた。

領主様に納める毎年の税が増えてしまうけれど、近々衛兵の数が二人から四人に増員されるとか。

村の人たちにも人狩りの情報は共有されていて、森で異変を感じたらすぐにフーシャさんに報告があがるようになっている。

人狩りが活動を行う際、人気のない場所を拠点にすることが多い。

ロット村を囲んでいる森林地帯はその拠点に最適で、人が生活していた痕跡があれば人狩りが近くにいるサインになるのだ。

だけれど、今のところこれといって人狩りの動きはない。

カタリナたち教会の聖騎士団もロット村近辺を捜索しているみたいだけれど、痕跡すら見つかっていないらしい。

そんなことが続いているせいか、最初は不安がっていた村の人たちも、今では「人狩りの噂はでまかせだったのでは？」なんて言い始める始末。

まぁ、楽観視しすぎるのはよくないけれど重く考えすぎてもよくないし、心労を考えると僕も村の人たちを見習った方がいいかもしれないけど。

「……ん？」

早朝に散歩がてら湖に向かってみると、妙な光景が広がっていた。

湖の桟橋に並んでいたのは、四つの人影。

のんびりと日向ぼっこをしている、トンタくんとララちゃん。

そして彼らの隣では、カタリナとジュリアが真剣な表情で釣り糸を垂らしていた。

「……あっ！　見てください勇者様！」

ララちゃんが湖面を指さす。

「また魚が！　早く引っ張って！」

「え？　あ、わわわっ⁉」

カタリナが慌てて釣り竿《ざお》を引っ張る。

しばらく釣り竿と格闘していたが、すぐに大きな魚を釣り上げた。

釣り糸の先についていたのは、透き通った銀色の魚。

あれはパーチの一種、ウォールアイかな？

「すんご！　また釣れた！」

カタリナが魚を片手に満面の笑みを浮かべる。

彼女の隣にある桶《おけ》の中では、ぴちぴちと何匹も魚が跳ねていた。

「え？　え？　何？　あたしってば実は釣りの天才だったとか？」

「ちょっとお待ちくださいまし、勇者様！」

それを隣で見ていたジュリアが、実に不服そうな顔で割って入った。

「さすがに物言いですわ！　いくら救国の英雄でもズルはよくありません！　これはわたくし

との真剣勝負なのですよ⁉」

「はぁ⁉　ちょっと待ってよジュリアちゃん！　ズルって何⁉　これは紛れもなくあたしの実力だよ⁉」

「いいえ、絶対にズルです！　だってこんなに釣れるなんてあり得ませんもの！　天は二物を与えずという言葉をご存知なくて⁉」

やいのやいのと押し問答を始めるふたり。

そんな彼女たちは放っておいて、そっとトンタくんに話しかけた。

「なんだか楽しそうだね？」

「ふぁ……あ、ロイド様。おはよ」

トンタくんが大あくびを呑み込む。

「おはようトンタくん。というか、これってどういう状況なの？」

「いや、俺もさっき来たばっかだからよくわからないんだけど、どっちが一番優秀なロイド様の教え子なのか勝負してるんだって」

「……あ〜、なるほど」

触りだけ聞いただけでも面倒だな。

そりゃトンタくんもそんな顔になるわけだ。

百歩譲って白黒つけるはいいとしても、なんで釣りなんだろう。

せめて魔法で勝負してほしい。

「あっ、先生」

僕に気づいたカタリナが、傍らに置いてあった桶を手に取った。

「ちょっとこれ見てよ！　生まれて初めて釣りをしたんだけど、すんごい釣れたんだよね！」

「そうだね。すんごく釣れてるね。だけど、キミが捕まえるのは魚じゃなくて人狩りの方がいいんじゃないかな？」

「……え？　あっ」

ニンマリとよからぬ笑みを浮かべるカタリナ。

「あはは、何それ。上手いこと言うじゃん先生。はい、一匹あげる」

「ありがとう」

活きのいいウォールアイを貰っちゃった。

この魚は刺身にして食べても美味しいんだよね。

身がぷりぷりしてて、食べごたえあるし。

「まぁ、先生の不安もわかるけど、人狩りの件は心配しなくていいよ。聖騎士団の団員たちが動いているし。今日は東部地域の捜索中」

「キミは一緒に行かなくていいの？」

「え？　あたし？　あたしはほら、書類仕事が山盛りだからさ」

「へぇ、書類仕事」

のんびり釣りをしながら言っていいセリフじゃない気がするけどな。

「それに、こうやって村の人たちと釣りに興じるのは、防犯的な意味合いがあるんだよ？　万が一のことがあっても、あたしが一緒なら安心でしょ？」

「まぁ、それはそうだけど」

魔王を討伐した勇者の隣なんて、この世で一番安全な場所だと思う。

人狩りが現れたとしても、瞬く間に撃退してくれるだろう。

なんだかいいように丸め込まれた気がするけど、まぁいいか。

ジュリアとの真剣勝負を邪魔したら悪いし、家に帰ってウォールアイを使って朝ごはんでも作ろうかな。

「……ん？」

なんて思っていたら、カタリナがずいっと魚が満載の桶を差し出してきた。

「それよりも先生。あたし、久しぶりに食べたくなってきた」

「食べたい？　何を？」

「ほら、前に先生に作ってもらったやつだよ。ええっと……『サミシ』だっけ？　魚を生で食べるやつ」

「……ああ、あれか。サミシじゃなくてサシミだよ」

生の魚をさばいて食べる、東方の料理「刺身」のことだろう。

野外授業でキャンプをしたときに生徒たちに振る舞った記憶がある。

というか、そんな昔のことをよく覚えてたな。

大事なことはすぐ忘れるのに。

「え？　勇者様、生で魚を食べるんですか？」

「ん？　ララちゃんは食べたことない？」

「ないですね……ニシンの酢漬けなら食べたことはありますけど。生でお魚を食べてもお腹が痛くならないんですか？」

「ちゃんと調理すれば大丈夫みたい。めっちゃ美味しいよ」

「へぇ～！」

キラキラと目を輝かせるララちゃん。

彼女の隣で話を聞いていたトンタくんの口の端も、よだれでキラキラと輝いている。

刺身かぁ。久しぶりに僕も食べたくなってきたな。

生で魚を食べるようになったのは殺菌や保存ができる魔法が一般的に普及し始めてからなので、ここ数年のことだ。

都会ではポピュラーな食べ物になりつつあるけど、魔法が普及していない田舎ではまだ口にしたことがない人が多いのだろう。

「ジュリアも食べてみる？」

名門貴族のご令嬢のジュリアなら食べたことがあるかもしれないけど。

なんて思いながら彼女を見たら、酷くショックを受けたような顔をしていた。

「ま、まさかこのわたくしでも食べたことがないロイド先生の手料理をすでに食しているなんて……ここでもわたくしは勇者様に負けてしまうのですか……」

衝撃を受けているみたいだけど、刺身とは別のことみたいだな。

まぁ、しばらくそっとしておくか。

「よし。それじゃあ、みんなで一緒に刺身を食べようか」

「ほんと⁉　やったぁ！」

カタリナが飛び跳ねて喜ぶ。

「その代わり、カタリナもちゃんと手伝ってよ？」

「もっちろん！　必要なら森で鹿とかイノシシ狩ってくるから言ってね、先生」

「うん、それはいらない」

刺身を食べようって言ってるのに、鹿とか狩ってきてどうするつもりなのさ。

というわけで、早速調理を始めることにした。

トンタくんにひとっ走り井戸で水を汲んできてもらう間に、釣った魚の中から活きがいいものをチョイスする。

釣った魚はカタリナが五匹。ジュリアが一匹。

目が赤いローチという種類の魚もいたけれど、ウォールアイを選んだ。

ローチは食べられるけど、体が小さくて骨が多いから刺身には向いていないんだよね。

まず、トンタくんが持ってきてくれた水を使って魚をよく洗い、ナイフを使って魚の内蔵を傷つけないようにしながらさばいていく。

内蔵を傷つけてしまうと苦味の原因になってしまうのだ。

優しく身を押さえながらナイフを丁寧に入れるのがポイント。

内蔵を取り出したらよく洗って、タオルで水気を取るのを忘れずに。

魔法を使うのはここからだ。

できるだけ魚の身を温めないように、《闇属性》の氷結魔法で冷やしながらひと口サイズの切り身にしていく。

最後にもう一回、細菌対策で氷結魔法で冷やして、刺身料理の完成だ。

「……うわぁ、綺麗ですね」

お皿に綺麗に並んだ刺身を見て、ララちゃんが感嘆の声を漏らした。

久しぶりだったからちょっと心配だったけど、うん、なかなか綺麗にできたんじゃないだろうか。

実に美味しそうだ。

というわけで、そのまま皆で並んで桟橋でいただくことにした。

「えっへっへ。あたしが釣った魚だから最初にいただきま～す」

「あっ、ちょっと勇者様⁉」

カタリナがジュリアの制止を押し切り、パクっと刺身を頬張る。

すぐに満面の笑みを浮かべる。

「うまぁ……とろっとろじゃん！」

「……ごくっ。わたくしもいただきますわ！」

すかさずジュリアもひとつ切り身を口に入れる。

「あっ、美味しい」

どうやらジュリアの口にも合ったらしい。

「うまっ！」

「……凄い。魚の切り身が口の中で溶けちゃった」

トンタくんとララちゃんも驚きの表情。

どれどれ。

僕もひと切れ食べてみる。

「あ、美味い」

いい感じでぷりぷりだし、魚特有の臭みもない。

うん。これは美味しいな。

油で揚げても美味しいけど、やっぱり生で食べるのもいい。

こういうときが一番、魔法が使えてよかったなって思う。

「ロイド様って魔法だけじゃなくて料理もできたんですね。尊敬しちゃいます」

初めての刺身料理にララちゃんは感動している様子だった。

まぁ、こんなふうに料理ができるのは、独身生活が長いからなんだけどね。

「生魚を食べるのは初めてだったんですけど、こんなに美味しいなんて知らなかったです」

「魔法が使えれば保存も利くし、細菌とか寄生虫とかは真水で洗えば問題ないから結構お薦めだよ」

「へぇ、そうなんですね。父にも教えときます。最近、宿で出せる料理が少なくなってきたって嘆いていたので」

「……？　少なくなってきたって、どうして？」

「どうやら村に届く物資が少なくなっているらしくて」

詳しく聞けば、どうやら行商人の足がロット村から遠のいているらしい。

ロット村は農産業中心なので自給自足ができているけれど、賄《まかな》えない物は多い。例えば大切なビタミン源になる魚介類は湖の魚だけでは賄えないので、遠くの港町からニシンを取り寄せている。

それに、パンの原料になる小麦も村にはないし、他にも石鹸《せっけん》やろうそく、衣類や鉄製農具など行商人頼みな部分も多い。

「でも、どうして行商人が来なくなってるのかな？」

「多分、人狩りの影響だろうね」

そう返してきたのは、カタリナだ。

「噂になってる黒の旅団は組織的に動いている人狩りだからね。盗賊まがいのこともやってるって聞くし、商人たちが忌避しても仕方がないと思う。だからあたしたちも必死になって壊滅させようとしてるんだけどさ」

「組織的に動いてる人狩りって少ないの？」

「あまり聞かないかな。人さらいってお金になるけど成功率が低いらしくて、組織でやってると旨味がないんだってさ」

「なるほど……」

彼らの事情なんて知ったことじゃないけど、確かにハイリスク・ハイリターンなイメージはあるな。

ハイリスクだからこそ、大抵の人狩りたちは足がつかないように少ない人数で活動している。だけど、黒の旅団はあえて大規模な組織で動いている。

「う～ん、何か裏がありそうだね」

「え？　裏？」

カタリナが首をかしげる。

「そう。黒の旅団だけ組織立って動いているのって変じゃない？　だから例えば、誰かが裏で援助してるとかあるんじゃないかなって」

「ありえなくはないかも。黒の旅団には魔導士が加担してるって噂もあるし」

「……魔導士か」

納得してしまった。

職にあぶれた魔導士が犯罪組織に加担するという話は珍しいものじゃなく、ここ最近大きな問題になっている。

魔王に対抗する魔導士を育てるために魔法学校が乱立した結果、資格を持ちながらも職に就けなかった魔導士が多く世に出ることになった。

ナーナアカデミアでも、五華聖みたいな華々しい活躍を見せている卒業生がいる一方で、犯罪に手を染めてしまった者も少なくない。

そんな問題が多発しているからか、ユンが院長を勤めている王国魔法院では、罪を犯した魔導士の更生に乗り出しているとか。

カタリナはため息交じりで続ける。

「魔王の侵攻を受けた地域では復興のために国が人狩りに頼んで奴隷を集めてるって話も聞く

からね。人狩り問題って、結構根深いんだよね」

「やっぱりそういうの、あるんだね」

カタリナたちが魔王を倒してまだ数年だし、未だに復興中の国は多い。

国を立て直すために手段は選べないってところなんだろうけど、人狩りが活発化しているのはそういう要因もあるのかもしれないな。

なんとも悲しい現実だ。

「……ん？」

視線を感じて顔をあげると、トンタくんとララちゃんが不安げにこちらを見ていた。

失敗した。もしかすると余計な心配をさせちゃったかもしれない。

「ま、何にしても、さ」

安心させるような言葉をかけようと思った矢先、カタリナが口を開いた。

「すぐに人狩り騒動は沈静化すると思うよ。なにせ、教会の聖騎士団団長様が直々に動いているんだからね」

「勇者様……」

トンタくんとララちゃんが小さく笑顔を覗かせた。

それを見て、ホッとひと安心。

カタリナは楽観的でいい加減な性格なんだけど、こういうところには敏感なんだよね。さすがは救世の勇者様だ。

「本当に頼むよカタリナ？　こうやって美味しい刺身料理を振る舞ったんだから、早々に解決してよね？」

「おっけ〜！　あたしにまるっと任せなさいっ！　先生の愛が詰まった手料理でエネルギー補充して頑張るんだからっ！」

「別に愛は詰まってないよ」

などと突っ込む僕をよそに、カタリナはおどけるようにむんっと力こぶを作ると、お皿に残った刺身の最後のひと切れをかっさらう。

しかし、なんともカタリナらしい頼もしい返事だな。

ジュリアから「それはわたくしの刺身ですわ！」と本気で怒鳴られて狼狽《うろた》えてたのも、実にカタリナらしいけど。

＊＊＊

僕がそのことに気づいたのは、皆と別れて自宅に戻ったときだった。

部屋の棚を見たところ、三日に一回くらい飲んでいる魔素敗血症の抑制ポーションの在庫が切れていたのだ。

現在、症状は落ち着いてきている。

だけど「ポーションは欠かさず飲んでください」と医師から言われていたので定期的に錬成していたんだけれど……すっかり忘れていた。

まぁ、素材があればすぐに作れるから、焦る必要はないんだけどね。

抑制ポーションの作り方は至って簡単だ。

薬草の「カシキリグ」と果物の「リズミンブドウ」、キノコの「カサダケ」の柄、それと「はちみつ」を半日煮込めば完成。

全部ロット村の雑貨屋で買えるもので、値段もお手頃価格なのが財布にも優しい。ちなみに食感はドロっとしてて、あまり美味しくない。

ちょっと面倒だけど、錬成しておかなきゃな。

「……すみませんロイド様。実は在庫が切れていまして」

早速、いつもお世話になっている雑貨屋にやってきたんだけど、店主さんに申し訳なさそうに頭を下げられてしまった。

「どの在庫が切れてる感じですか？　リズミンブドウ？」

錬成に必要な素材は特段珍しいものじゃないけど、季節によってはリズミンブドウが少しだけ手に入りにくくなる。

だけど、店主さんの口から出てきた名前は別のものだった。

「いえ。カシキリグです」

「えっ……」

驚いてしまった。

なにせ、カシキリグはすぐ近くの森でもたくさん採れる一般的な薬草なのだ。

森の薬草採取は子供たちがやっている仕事のひとつで、ララちゃんもよく森に入ってハーブと一緒にカシキリグを採っているはずだけど――。

「……あっ」

と、そこで僕は気づく。

「もしかして、人狩りのせいですか？」

「そうなんですよ。人狩りの件が解決するまで森に子供が入れなくなって。衛兵さんが増えてから彼らと一緒に採取を再開するらしいんですけどね」

やっぱりか。

フーシャさんが人狩り対策をいろいろと講じてくれているけれど、子供が森に入れなくなっているのもその一環なのだ。

でも、衛兵さんが増えてからとなると、だいぶ先だな。

子供たちが入れないなら、僕が採取するか？

仮に人狩りに遭遇しても問題ないしな。

でも、カシキリグが生えてる場所なんてわからない。

ララちゃんに聞いてもいいけど「あの岩と倒木が重なってるところです！」なんて教えられてもピンとこないし。

「……となると、カシキリグの代わりになるものが必要だな」

でも、何かあったっけ？

同じ成分が含まれている野草だったら代用できるだろうけど、そこまで薬草に詳しくないしな。

ううむ。こんなことなら、もっと薬草学を勉強しておくべきだった。

店主さんなら何か知ってるだろうか。

「あの、カシキリグの代わりになるものって、何かご存知ないですか？」

「代わり？　う～ん、そうですねぇ。同じ効能の薬草って言ったら……あれですかね」

店主さんが店の壁に視線を送る。

そこには一枚の絵が飾られてあった。

青空をバックに咲く一輪の花の絵だ。

綺麗な白色の花。絵画はよくわからないけれど、色彩豊かで神秘的な雰囲気がある。凄く高そうな絵だな。

どこかで見たことがある気がする花だけど、どこだっけ。

「あれは三日月草の花ですよ。ロット村の象徴とも言える花です」

ああ、あれか。

そういえば、村の紋章にも似た形の花が描かれていたっけ。

だけど、本物は見たことがないな。

「四十年前くらいまではそこらじゅうに生えてて、綺麗な花を咲かせていたらしいです。でも、気象の影響か最近ではあまり見かけなくなりまして」

「そうだったんですね。どおりで記憶にないはずだ」

四十年前って言ったら、僕が生まれる前だもんね。

しかし、三日月草の花か。

まだどこかに咲いてたりするのかな。

「ちなみに、この絵の場所ってどこなんですか？」

「え？　場所？」

「背景に山が描かれていないので高所だと思うんですが、画材を持って山登りをする絵描きなんて見たことがないです。なので、どこか特別な場所で描かれたんじゃないかなって」

「……な、なるほど」

店主さんがうぅむと首を捻る。

「すみません、ちょっとわからないですね。その絵はフーシャさんにいただいたものなので彼に聞けばわかるかも」

「フーシャさん？」

「そうなんです。うちの倅《せがれ》が生まれたときにいただいたもので」

「へぇ、プレゼントされたものだったんですね」

村の象徴になっている花の絵をプレゼントするなんて、ちょっと粋だな。

だけど、フーシャさんに絵の趣味があったなんて初耳だ。

どこかの絵画商から買ったのかな？

昔から村長さんをやってるから、交友関係は広そうだし。

でも、フーシャさんが買ったものだったとすると、ちょっと場所を特定するのは難しいかもしれないな。

特定できたとしても、遠く離れた場所だったら採りに行けないし。

でもまぁ、一応聞いてみるか。

「ありがとうございます。フーシャさんに聞いてみます」

というわけで、カシキリグ以外の素材を買ってからフーシャさんの家に行ってみることにした。

＊＊＊

「……はい？　雑貨屋さんの絵？」

声をかけると、庭の草むしりをしていたフーシャさんが首を捻った。

立ち上がってう～んと腰を伸ばした後、ハッと気づいたような顔をする。

「ああ、三日月草の花の？」

「はい、あの絵です。どこで買ったものかとか覚えていらっしゃいますか？」

「あれは私が描いた絵ですよ」

少しだけ照れくさそうにフーシャさんが目尻を下げる。

「ひと昔前まで、子供が生まれた家に絵を描いてプレゼントしていたんです。目が悪くなってからはもうやめてしまいましたけれど」

「フーシャさん、絵が描けるんですか？」

「素人に毛が生えた程度の腕でしたけどね。若い頃に画家の弟子をしていたんですが、生活に困窮してロット村に戻ってきたんですよ」

その画家さんの名前を尋ねると、僕でも知っているような名前だった。

凄い。そんな人の弟子をしていたんだな。

「そうだったんですね。いや、素晴らしい才能をお持ちだ」

「いやはや、魔法の天才と呼ばれている大賢者様にそんなことを言われるなんて……お恥ずかしい限りです」

謙遜するフーシャさんだったけど、本当に凄いと思う。

あの絵を見たとき本当にプロの画家が描いたものだと思ったし。あんな才能を持っていても食べていけないなんて、画家の世界は厳しいんだな。

「ちなみにあの絵って、どこで描かれたんです？」

「とんがり岬ですよ」

フーシャさんはまるで「昨日描いてきたんです」とでも言いそうな雰囲気であっさりと答えてくれた。

「とんがり岬って、確か村の北にある？」

「はい。エルデン山脈の湖にあるアレです」

僕も名前は聞いたことがある。

とんがり岬とは、その名の通り「鋭くとんがっている岬」の名前で、ロット村から歩いて一時間ほどのところにある。

湖の上にある崖の中腹から幅三メートルほどの岬がせり出していて、そこから湖や広大なロット村近辺の美しい景色を一望することができるらしい。

聞いたところによると、正面から行くには険しい崖を登る必要があるけど、崖をぐるっと迂《う》回《かい》すれば歩いて行くことができるとか。

多分、フーシャさんもそっちから行ったんだろう。

フーシャさんが不思議そうに尋ねてくる。

「でも、どうしてロイド様があの絵に興味を？」

「実は魔素敗血症の抑制ポーションを切らしてしまって錬金しようかと思ったのですが、村のカシキリグが不足しているみたいで」

「……ああ、そういうことでしたか」

その説明で状況がわかったらしい。

フーシャさんは申し訳なさそうに頭を下げた。

「すみません。人狩りの噂が流れてから子供の森への立ち入りを禁止しているんですよね。大人は薬草採取に出る余裕もないですし、薬草関係は行商人さんが持ってくる手はずになっているんです」

「そうなんですね」

僕みたいな病人じゃなければ頻繁に必要とするものじゃないしな。

でも、その行商人も足が遠のいてるっていうし、やはりカタリナたちに人狩り対処を頑張ってもらわないといけないな。

「しかし三日月草ですか。懐かしい名前ですね」

フーシャさんが思い馳せるように、遠い目をする。

「長い間見ていないですが、とんがり岬ならまだ残っているかもしれませんね」

「あの絵を描いたときはあったんですよね？」

「そうですね。あれを描いたのは十年くらい前ですが、とんがり岬はあまり人が立ち入る場所ではないですし、きっと大丈夫だと思いますよ」

「そう願います」

「行き方も当時と変わっていないと思いますし……あ、そうだ」

フーシャさんは「待っていてください」と断りを入れて家の中に戻り、一枚の羊皮紙を持ってきてくれた。

ロット村近辺が描かれた地図だ。

「当時、私が使っていた地図です。とんがり岬はここにあって……こっち側からぐるっと迂回すれば行けると思います」

「おお、わかりやすい。ありがとうございます」

年季の入った地図だったけれど、ロット村からとんがり岬までの行き方が詳細に描かれていた。

こんなにわかりやすい地図はエンセンブリッツでもあまりお目にかかれない。これがあれば道に迷うこともなさそうだ。

「この地図はお譲りしますよ」

「え、いいんですか？　結構高価なものでしょう？」

「ロイド様にはいろいろとお世話になっていますから」

恐縮してしまった。

お世話になっているのはこっちなのに。

「……そうだ。もしとんがり岬に三日月草が残っていたなら、あの魔法で私たちにも見せてもらえないですかね？」

「あの魔法？」

「ほら、収穫祭のときに見せていただいた幻影の魔法ですよ」

「幻影……ああ」

光魔法の【幻惑術】のことか。

あれは僕の頭の中のイメージを魔法で具現化するものだから、とんがり岬に三日月草の花があったらフーシャさんたちにも見せることができるな。

「わかりました。きっと三日月草を見たい人も多いでしょうから、収穫祭のときみたいに集まって皆さんにお見せしますよ」

「おお、本当ですか！　ありがとうございます！」

嬉しそうに目を細めるフーシャさん。

雑貨屋の店主さんも見たことがないっぽかったし、幻影でも見せることができれば喜ぶ人たちは多いかもしれない。

これはより一層、三日月草探しを頑張らないとな。

＊＊＊

「ど、どうかお気をつけて。無事に戻ってきてくださいね。ピピンはお兄様の帰りをずっと待っていますから……くすん」

「……見送りをしてくれるのは嬉しいんだけど、そんな家族を戦場に送り出すみたいな重たい空気を出さないでくれるかな？」

目尻に涙を溜めているピピンについ、突っ込んでしまった。

もっと気軽に送り出してほしい。

ちょっと近くの山まで行くだけなんだし。

とんがり岬があるのは、ロット村からも一望できるエルデン山脈だ。

山登りをするわけじゃないので軽装だけど、一応、山に入るための道具だけは持っていくことにした。

テントは必要ないので持ってないけど、獣の皮で作られた水筒にランタン、非常食用の硬いライ麦パン。あとは何かと便利なロープにナイフ。

そして、フーシャさんから貰った地図。

とんがり岬までは歩いて一時間ほどだ。そこで三日月草の花を探して帰ってくるだけなので、夕方までには戻ってこられる計算になる。

雑貨屋さんに聞いたところ、三日月草の花はカシキリグに含まれている抗菌治癒成分が多分に含まれているため、ひとつで五つ分ほどの効果があるらしい。

なのでそれほど多く採る必要はないけれど、物流が戻るまでに時間がかかるかもしれないから、三、四本ほど採ってきた方がよさそうだ。

「……あれ、先生？」

半泣きのピピンに見送られ、考え事をしながら村の入り口に向かっていると声をかけられた。

顔を上げると、カタリナとジュリアの姿があった。

何かと張り合っているふたりのそばには、青白い盾のようなものが浮かんでいる。あれは【魔法障壁】だ。

「やぁ、また会ったね。もしかして、魔法の訓練中かな？」

「そうですわ」

ジュリアが得意げに頷《うなず》く。

「ロイド先生がお帰りになられてから、勇者様と三番勝負をしてわたくしが負けたんです。なので、優秀なロイド先生の生徒でいらっしゃる勇者様にこうして個別指導していただけることになりました」

「へぇ、そうなんだ」

カタリナと何の勝負をしたのかちょっと気になったけど、あえて触れないことにした。

だってひとつ目の勝負が「釣り」だし。

絶対、しょうもない内容に違いない。

だけど、カタリナに見てもらえるなんてジュリアにとってもいい経験になるな。明日の授業で成長を確かめてみよう。

「先生はどしたの？　リュックなんて背負っちゃって」

カタリナがひょいと僕の背中を覗き込む。

「ちょっとエルデン山脈の方に用事があってね」

「エルデン？」

「あそこに見える山だよ。野草を採りに行こうかなって」

「ええっ⁉　山菜採りに行かれるんですの⁉」

何故かジュリアが食いついてきた。

「ど、どうしたの？」

「実はララさんのお父様に『エルデン山脈の山菜はとても美味しいので一度食べてみてほしい』と伺っておりましたの！　ああ、なんてグッドタイミングなんでしょう！　さすがはロイド先生ですわ！」

「山菜かぁ。あたしは興味ないけど、どうしてもって言うなら仕方ないなぁ」

喜々としたジュリアとは対照的に、至極つまらなさそうなカタリナ。

一方の僕はキョトン顔。

や、雰囲気的に「一緒に行きます」的な感じになってるけど、何を勝手に話を進めちゃってるのさキミたち。

「ん～、ちょっと待って。なんで一緒に行く前提なの？」

「え？」

「……いや、『え？』はこっちのセリフなんだけど」

「何をおっしゃっていますの？　むしろ、一緒に行かない理由がどこに？」

ジュリアがさも当然のように言い放つ。

冗談ではなく、心の底から不思議に思ってる顔だ。

ああ。これは面倒なことになってきたぞ。

彼女たちに一から説明して理解を求めていたら、それだけで日が暮れてしまいそうだ。

ここは素直にふたりを連れていくのが賢明か。

「まぁ、その……ただの野草採りだしキミたちにとって楽しいものではないと思うけど、それでも来たいって言うなら、どうぞ」

「「はい！　では、ご一緒させていただきます！」」

気持ちいいくらいに綺麗にハモるおふたりさん。

そんなふたりを見て、乾いた笑いが出てしまった。

湖にいたときはいがみ合ってたのに、なんだかんだで仲良くなっちゃってまぁ。

というか、カタリナってば教会の仕事はいいのかな？

書類仕事がたくさんあるみたいなこと言ってたけど、後で怒られても僕のせいにしないでよ？

＊＊＊

とんがり岬へのルートをいろいろと考えたけれど、シンプルに森を通り抜けて行くことにした。

危険な森を避ける迂回ルートもあるけれど倍くらい時間がかかりそうだし。

一応、森の中でモンスターとの遭遇を警戒したけれど、前に来たときよりもずっと静かで、なんとものんびりとした空気が流れていた。

多分、以前に僕がかけた【魔法結界】のおかげだろう。

効果が続くのは一ヶ月くらいなのでとっくに切れているんだけど、モンスターたちが森に入るのを忌避しているんだと思う。

ちらちらと降り注ぐ木漏れ日を受けながら、森の中をのんびりと歩く。

空気も美味しいし、凄く気持ちがいい。

療養の一環として森の散策もありかもしれないな。

あまり遠出しちゃうとまたピピンに半泣きされちゃうかもしれないけど。

「ところでロイド先生？　どうしていきなり山菜採りをやろうと思い立ったんですの？」

ふと、ジュリアが尋ねてきた。

彼女は会ったときの格好と違って、ロングブーツにジャケットと肌の露出が少ない旅向けの服装をしている。

おまけに背中には大きめのリュック。

出発する前に、彼女が寝泊まりしている宿に戻って準備をしてきたのだ。

ちなみにヴィスコンティ家の別荘は、現在絶賛建築中だ。

「まぁ、なんていうか……そういう気分になったというか」

「隠し事はやめてくださいまし」

言葉を濁《にご》した僕に、ピシャリとジュリアが叱るように言う。

「アカデミアにいた頃から思っていましたが、先生は周囲に心配をかけまいとひとりで無理をなさることがあります。教師という立場上、弱みを見せないようにしていらっしゃったのかもしれませんが」

「ジュ、ジュリア……」

「ロイド先生は教師を辞められたのですから、できるだけ隠し事はせずに話してほしいです」

ジュリアの真剣な眼差しに、なんだか申し訳なくなってしまった。

確かに彼女が言う通り、僕は昔から周りに心配をかけまいとしてきた。

学校の教師という立場もあって「生徒たちに心配をかけたくない」という思いが強かったからだ。

だけど、教師を辞めた今、ひとりで抱え込む必要はないのかもしれないな。

「……わかったよ。ごめん。全部話すね」

僕はそう前置きを入れて、ふたりに事情を説明することにした。

「実は魔素敗血症の抑制ポーションが切れちゃってさ。その錬金のためにエルデン山脈にある三日月草っていう薬草が必要なんだ」

「抑制ポーション……」

ジュリアはしばしキョトンとした後、ハッと何かに気づくような顔をした。

「……そうでした。以前とお変わりないのでつい忘れていましたが、先生は病気の療養中なのでしたね」

「忘れて当然だよ。普段の生活に支障はない類《たぐい》の病気だからさ」

気を抜いたら僕自身も忘れちゃいそうになるもん。

魔素敗血症が進行して魔素量がゼロになっても魔法が使えなくなるだけで命を奪われることはないからね。

病気の進行を止めようと思ったのは、ある意味、僕のプライドみたいなものがあったからだ。いざというときに魔法が使えなくなって大切な人たちを守れなかった——みたいな経験は絶対にしたくない。

「ポーション錬成かぁ」

ははぁ、とため息のような声を出したのはカタリナだ。

「先生もできたんだね。さすがは大賢者だ」

「まぁ、調合に専門知識がいらない簡易的なものしかできないけどね」

《火属性》の【身体能力強化】魔法と同等の効果がある上級ポーションになると中間素材と呼ばれている特殊な錬金素材が必要になってくる。

そういうものを作る知識はないので、薬草を規定量混ぜて作る簡易的なポーションしか錬成できないんだよね。

「というか、その言い方だとカタリナもポーション錬成できるの？」

「まぁね。ポーション錬成ってできるといろいろ便利でしょ？　だから、魔王討伐の旅をやっていたときにチャレンジしたことがあってさ」

「あ〜、なるほど。治癒ポーションがあったら危険な旅でも安心だよね」

《光属性》を使えば外傷治癒はできるけど魔素が必要になるからね。戦闘続きの旅をしているわけだし、魔素を使うべき場所は厳選した方がいい。

僕の授業でも教えた内容だけど、ちゃんと実践してくれてたんだな。

「てことは、治癒ポーションが作れるの？」

「や、治癒ポーションでもよかったんだけどさ」

さも他愛もないことのようにカタリナが続ける。

「あたしが作ろうとしたのは『ソーマ・エリクシール』てやつなんだよね」

「え」

耳を疑ってしまった。

「ちょっと待って⁉　それって……錬成が禁止されている『禁薬ポーション』だよね⁉」

「お、さすがはロイド先生。専門外なのに知ってるなんて凄いなぁ。そうなんだよね〜、だからエーリカにめっちゃ怒られてさぁ。あっはっは」

あっはっはじゃない。

確かソーマ・エリクシールって魔素量を爆上げする代わりに人間をやめちゃうってやつだよね？　発狂して見境なく暴れるから錬成禁止になったとか。

そんなもの錬成したってバレたら、間違いなく牢屋《ろうや》行きになってたよキミ。

そりゃエーリカも怒るわ。

そんなふうに、耳を覆いたくなるようなカタリナの「武勇伝」を聞きながら、森の中をのんびりと歩き続けること一時間。

ようやく森を抜けることができた。

初めて森の北側に出たんだけど、南側とは全く違う景色が広がっていた。

空を遮るような樹木はなく、ゴツゴツとした岩だけが点在している平原。

そして、その向こうに見える険しいエルデン山脈。

いかにも「遠くに来ました」って感じだ。

そのせいか、急に疲れが出てきてしまった。

「……よし、そろそろ休憩しようか」

元々、自宅と学校を行き来するだけの生活だったから、体を動かすのは苦手なんだよね。

「え？　あたし、まだ元気だけど？」

カタリナが不思議そうに首をかしげる。

「や、魔王討伐の旅をしてたキミは大丈夫だろうけど、オジサンの体が休憩を欲してるんだよ」

「オジサン……あっ」

カタリナが驚いたような顔をする。

「ごめん。昔と見た目が全く変わってないから忘れちゃってたけど、先生ってオジサンだったね」

「……忘れて当然だよ。普段の生活には支障がないからね」

なんだろう。さっきのジュリアのセリフと似てるけど、優しさ成分に雲泥の差があるような。

まぁ、カタリナなりに気を使ってくれてるのかもしれないけど。

というわけで、ちょうど三人で座れそうなお手頃な大きさの岩があったので、そこで休むことにした。

ついでに水分補給もしておこうかな。

そう思って水筒を開けようとしたとき、隣に腰掛けたジュリアがリュックから何かを取り出した。

いかにも高価そうなランチクロスに包まれたお弁当だ。

蓋を開けると、都会の高級レストランに出てきそうな料理がぎっしり詰まっていた。ロット村では絶対に手に入らなさそうな海の幸も入っている。

「どうしたの？　その凄いお弁当」

「せっかくロイド先生とお出かけなので、急いで用意いたしました」

「用意って……え？　あの短時間で？」

準備するために宿に戻ってたけど、十五分くらいで戻ってきたよね？

「わたくし味にはこだわりがありまして、別荘に滞在いただくシェフは一流を揃《そろ》えておりますすの。彼らに頼めばこれくらいの弁当、十分で作れますわ」

「そ、そうなんだ」

さすがはヴィスコンティ家専属料理人。

ていうか、ヴィスコンティ家の別荘の完成は来月とか言ってたけど、もうシェフさんを呼んでるんだ。

シェフさんも大変だなぁ。

「というわけで、はいどうぞ」

ジュリアが上品にフォークをこちらに差し出した。

その先には、実に美味しそうなポークソテーがひと切れ。

「……え？　何？」

「あーんしてくださいまし」

「はぇ？」

思わず声が裏返ってしまった。

「ちょ、ちょっと待ってジュリア？　貰えるのはありがたいけど、そういうのはちょっと――」

「へぇ～、そういうことしちゃうんだジュリアちゃんてば。ふぅん」

低くて太い、凄みの利いた声が僕の鼓膜を揺らす。

振り向けば、カタリナが凄い目で睨んでいた。

額にブワッと汗がにじみ出る。

「い、いや、待ってカタリナ。これは成り行きというか料理を貰える交換条件というか……」

「あたしも先生にあーんしてあげたいんですけど？」

「だから気にしないで——って、今なんて言った？」

聞き間違いかもしれないけど「あたしもあーんしてあげたい」って言わなかった？

「あら、残念ですわね？」

困惑する僕をよそに、ジュリアが勝ち誇ったように目を細める。

「見たところ、勇者様はロイド先生にあーんしてあげるお料理をお持ちではないご様子。ここはわたくしにお任せくださいまし」

「……あんだって？」

カタリナの目に対抗心の炎が灯る。

さっきまでのんびりしていた空気が、一気に張り詰めていく。

あの、僕を挟んでいがみ合うのはやめていただけませんかね。

生きた心地がしない沈黙が永遠に続くかと思った矢先、突然カタリナが立ち上がり、来た道を戻り始めた。

「ごめん、ちょっとそこで待ってて先生」

「え？　待ってててって、どこ行くの？」

どういうことか聞く前に、カタリナはどこかへと消えていった。

一体何をするつもりなんだと不安に苛まれながら、待つこと五分ほど。

カタリナが何かを肩に担いで戻ってきた。

イノシシだった。

「ちょ、え⁉　カ、カタリナ⁉　どど、どうしたのそれ⁉」

「狩ってきた」

「か、狩ってきたって……ウソ⁉　この短時間で⁉」

何それ！　凄い特技！

さすがは勇者様だ！

僕たち凡人にはできないことを平然とやってのけるなぁ。

ほら見てよ。勝ち誇ってたジュリアも唖然《あぜん》としちゃってるじゃん。

「ちょっと待っててね先生？　今からこいつをさばいて焼いちゃうから」

「え、あ……うん」

あ、焼くんだ。

食材の調達方法だけじゃなくて、料理方法も男勝りだな。

結局、ちょっと休憩するだけのつもりだったのに、対抗意識を燃やしまくるふたりにがっつり料理を食べさせられるハメになってしまった。

やっぱりこのふたりは水と油――いや、火と油だ。

混ぜると危険。同時に連れていくのは危なすぎる。

だけどまぁ、ジュリアのお弁当とカタリナが狩ってきたイノシシの肉は凄く美味しかったです。ごちそうさまでした。

＊＊＊

美味しい料理を食べてエネルギー補充したからか、そこからは休憩を挟むことなくとんがり岬に到着した。

とんがり岬は、ちょうど湖の上にせり出す形になっていて、すぐ近くに滝も流れているため湿気が多かったが、眺めは最高だった。

だけど、僕たちの興味を引いたのは、遠くまで一望できる最高の見晴らしではなかった。

「……うわぁ」

カタリナが、僕よりも先にため息のような声をあげた。

幅三メートルほどの岬の一面に咲き乱れていたのは――美しい白色の花。

間違いない。

あの絵と同じ、三日月草の花だ。

ここに到着するまで一度も見かけなかったから少し心配だったけど、完全に杞憂《きゆう》だったみたいだな。

「凄く綺麗ですね……」

「そうだね。でも、まさかこんなに残っていたなんて」

ジュリアも目を奪われている様子。

しかし、綺麗な光景だな。

三日月草の花弁はほのかに発光していて、岬全体がぼんやりと輝いているように見えるのが幻想的だ。

フーシャさんが絵に描きたくなった気持ちがわかる。

今は昼間だからあまり目立たないけど、夜に見たらさらに綺麗なんだろうな。

村の人たちに【幻惑術】で三日月草の花を見せるときは、昼間より夜の方がいいかもしれない。

「先生、どれくらい持って帰りますか？」

早速、花を摘もうとしているジュリアが尋ねてきた。

「そうだね……森での薬草採取が再開できるまでこの花で繋《つな》ぎたいんだけど、あまり採りすぎてもよくないから少しだけおすそ分けしてもらおうかな」

見たところ、人が立ち入った形跡はない。

そういう環境だからこそ、ここまで綺麗に咲いているのかもしれないな。

というわけで、予定通り、花を三本ほど拝借することにした。

僕がひとつと、ジュリアとカタリナに一番大きいと思う花をひとつずつチョイスしてもらう。

根本から綺麗に採って、持ってきた袋の中に入れる。

できるだけ花弁に傷がつかないように優しく、丁寧に。

「……あ、そうだ」

そう切り出したのは、大事そうに花を抱えているカタリナ。

「ロイド先生、三日月草の『花言葉』って知ってる？」

「……え？　花言葉？」

つい胡乱《うろん》な目を向けてしまった。

まさかそんな乙女チックな単語がカタリナの口から出てくるなんて。キミってば学生時代から花より団子を地でいく女の子だったじゃない。

「花言葉か。ちょっとわからないな。そういうのにはあまり詳しくなくて」

「えっへっへ。じゃああたしが教えてあげるね。『忘れられない思い出』だよ」

「忘れられない思い出……？」

なるほど。

花言葉に造詣は深くないけど、至極納得してしまった。

「確かにこの光景を見たら、絶対忘れられないね」

「そうだよね。だから花言葉を思い出したんだ」

「というか、よく花言葉なんて知ってたね？　たまに『そこ忘れる？』って思うところが抜け落ちてるのに」

「まぁね。何事も取捨選択するのがあたしのモットーだから……って、ちょっと待って先生、遠回しにあたしをディスってない？」

「いや、感心してるんだよ」

嘘偽りなく。

そういうところがカタリナのいいところでもあると思うし。

僕ってば、いつも全部完璧にやろうとするから、カタリナのそういうところを見習わなくちゃって思うときもあるんだよね。

ごくたまに。

「まぁ、いいや。それでね？　あたしが花言葉を覚えてるのは一時期すんごいハマってたからなんだけど、最近あたしが一番興味を持ってるのは、ララちゃんとトンタくんなんだよね」

「……え？　なんであのふたりに？」

「だってあのふたりって、お互いに憎からず思っているけど、どうもあと一歩が踏み出せないって感じじゃない？　もどかしいっていうかさ。あのふたりの恋路、応援したくなっちゃうよね」

「……あ〜」

言わんとしてることはなんとなくわかる。

確かにあのふたりって、会ったときから仲良さげだった。

ララちゃんが森でモンスターに襲われたときも一番に飛び出したのはトンタくんだったし、きっと大切に思ってるんだろうな。

そういうのに気づくのって、やっぱりカタリナも女の子なんだなぁ。

そういえば、学生時代から他人の色恋沙汰には首を突っ込んでたっけ。

でも、恋路を邪魔しまくるもんだから、クラスメイトから「フラグクラッシャー」なる不名誉なあだ名をつけられていたような。

「…………」

ツツツっと僕の視線がカタリナに吸い寄せられる。

「……あのさ、お願いだから、あのふたりを邪魔しないでよね？」

「え？　あたしが？　まっさかぁ」

カタリナは、勇者らしからぬ邪《よこしま》な笑顔を浮かべる。

何その顔。不穏すぎるんだけど。

＊＊＊

無事に三日月草の花を手に入れて山を降り、ロット村に到着したのは少し日が傾き始めたくらいだった。

カタリナとジュリアのふたりが一緒なのに、お昼のお弁当事件以外で特にトラブルもなく帰ってこられたのは重畳《ちょうじょう》だろう。

というか、なんだかんだで楽しかったな。

たまに皆でお出かけするのもいいかもしれない。

とんがり岬で三日月草が採れたことをフーシャさんに報告しようと思って彼の自宅へ向かおうとしたとき、玄関先に人だかりができているのが見えた。

村の大人たちが大勢集まっている。

なんだか逼迫《ひっぱく》した空気を感じるな。

「何かあったのでしょうか？」

「ん～？　なんだか慌ててるような？」

ジュリアとカタリナも、異変に気づいた様子。

「とりあえず行ってみよう。三日月草の件も報告したいし」

ふたりと一緒に村の人たちが集まっているフーシャさんの玄関前へと急ぐ。

その人だかりの中に、フーシャさんの姿もあった。

「……っ！　ロイド様！」

僕に気づいたフーシャさんは、人をかき分けて僕のそばにやってくる。

「ああ、よかった！　ロイド様たちは無事だったんですね！」

「無事？　何かあったんですか？」

出発前に話した【幻惑術】のお披露目会に集まった……というわけではないのはわかる。

だって、集まっている全員が慌ててるような雰囲気だし。

これはただごとじゃない。

「つい先程、森から戻ってきた男たちから大変な報告を受けまして……」

フーシャさんは息を整えてから静かに続ける。

「無断で森に入った子供たちが、人狩りに遭遇してしまったようなんです」

＊＊＊

その事件は僕たちが帰ってくる三十分ほど前に起きたらしい。

村の子供たちがフーシャさんの許可なく立ち入り禁止にされている森に入ったというのだ。

そのことに気づいた大人たちが慌てて子供たちを追ったところ、黒いフード付きマントを着た男たちに遭遇したらしい。

「……黒いフード付きマント。黒の旅団の連中だと思う」

そう言ったのはカタリナだ。

「あいつら全員が似たような服を着てて、個人が判別できないようにしてるんだ」

なんでも、それが黒の旅団のやり方だという。

目撃されても個人を特定されず、さらに誰がグループのリーダーなのかわからないようにしているのだとか。

そのせいでカタリナたち教会聖騎士団も未だに黒の旅団の幹部までたどり着けないでいる。

そういうところも組織立って動いているメリットなのだろう。

と、そんなことよりもだ。

「森に入った子供たちはどうなったんですか？」

「人狩りたちに連れていかれました」

そう切り出したのは雑貨屋の店主さんだ。

怪我を負ったのか、右腕に包帯を巻いている。

「子供たちが黒いフード付きマントを着た男に連れていかれるところに鉢合わせして助けようとしたんですが、このザマです」

「他の人たちは無事なんですか？」

「は、はい。俺を含めて何人か怪我をしていますが、命に別状はありません」

よかった。

とりあえずはホッと胸をなでおろす。

人狩りは盗賊の亜種みたいなもので、お尋ね者のゴロツキがほとんどだ。

仕事を邪魔するなら殺しも厭《いと》わない連中に襲われ、生きて帰ってこられただけラッキーだと思う。

でも、顔を見た相手を見逃すなんて、遭遇したのは経験が浅い連中だったのか。それとも、他に理由があったんだろうか。

「しかし、どうして子供たちが森に？　立ち入り禁止になっているのは彼らも知っているはずですよね？」

「それがですね……」

雑貨屋の店主さんはチラリと隣に視線を送る。

そこにいたのは、ララちゃんのお父さん。

彼を見て不思議に思ったのは、なんとも申し訳なさそうに身をすくめていたからだ。

「子供たちを先導したのは、ララちゃんとトンタくんなんです」

「……えっ」

耳を疑ってしまった。

彼らも森に入ってはいけないことは知っているはずなのに。

「ど、どうしてふたりが？」

「多分、俺が話してしまったからだと思います」

「話した？　何をです？」

「ロイド様のことです。森への立ち入りが禁止されて薬草が入手できなくなったせいで、抑制ポーションが作れなくなったと……」

「……っ！」

なんとも複雑な心境に陥ってしまった。

僕を助けてくれようとして、薬草を採りに森に入っちゃったのか。

他にも子供を連れていったのは、手分けして薬草採取をするためだろう。ふたりでやるより、大人数でやった方が手早く済ますことができる。

それが裏目に出てしまったわけだけど。

ああ、畜生。

こんなことになるなら、ふたりにもちゃんと話しておけばよかった。

「……勇者様、人狩りにさらわれた子供たちはどうなりますの？」

ジュリアがそっとカタリナに尋ねる。

「ん～……ちょっと言いにくいんだけど、間違いなく奴隷商に売られることになるかな。そこから先は、まぁ、ジュリアちゃんが想像してる通りだよ」

「……そんな」

ジュリアが愕然《がくぜん》とした顔をする。

奴隷商は商人だけれど、表立って看板を出しているわけじゃない。

労働力を必要としている組織や、手足として自由に動かせる人間が欲しい犯罪組織。それに、性癖が歪《いびつ》に偏好している貴族など特定の相手と取引している。

数年前に一度だけ奴隷商の取引現場を見たことがある。

あれは、まだカタリナたちが学生だったときだ。

ある日、生徒六人全員が連絡もなく学校を休んだ。

不真面目なエーリカやカタリナだけだったら「またか」で済んだけれど、他の四人も一緒に休むなんておかしすぎる。

心配になって他のクラスの生徒たちに聞いて回ったところ、どうやら街で開催されているお祭りに参加するためにサボったということがわかった。

心配した反動もあって、頭にきてしまった。

教師生活の中で一番怒ったと思う。

すぐに街に飛び出し、様々な魔法を駆使して探した。

だけど、カタリナたちは一向に見つからなかった。

探せど探せど見つからず、結局、彼女たちを発見したのはスラム街にあった奴隷商の取引現場「跡」だった。

半壊した家屋。ボロ雑巾のようになった奴隷商と人狩り。

その場にいたカタリナたちに詳しく話を聞いたところ、六人の中で一番おとなしかったリリーがお祭りの最中に人狩りにさらわれてしまったらしく、奴隷商の元に殴り込んで救出したのだとか。

取引現場にはリリー以外にも売られそうになっていた人たちも多くいた。

カタリナたちのおかげでリリーは難を逃れたけれど、もし彼女たちが間に合わなかったらと思うと、今思い返しても胸がキュッと苦しくなる。

そして、煮えたぎるような怒りも込み上げてくる。

学校をサボった生徒たちに対するものではなく、人間を売り物にする奴隷商や人狩り、そして彼らを「物」として買おうとする連中に対する怒りだ。

「わかりました。僕がなんとかします」

静かに僕が切り出した。

「ロ、ロイド様が、ですか？」

フーシャさんがギョッとした顔をする。

「ええ。遭遇したのが三十分前なら、まだ人狩りたちは森の中にいるはずです。僕が子供たちを助け出します」

「お、おお……本当ですか!?」

「あ、ありがとうございます、ロイド様！」

フーシャさんや村の人たちが感謝の言葉を口にする。

だけど、彼らの表情にはどこか畏怖《いふ》の念が見え隠れしていた。

「……せ、先生」

村の大人たちだけではなく、ジュリアもどこか憂懼《ゆうく》している様子だった。

「わ、わたくしたちもお手伝いします。一緒に子供たちを助けに――」

「いや、キミはここにいて」

「……っ」

ごくり、とジュリアが息を呑んだ。

それを見て、ハッと気づく。

彼らは怯えている。

できるだけ表には出さないように努力していたんだけど、人狩りたちに対する怒りが顔に出てしまっていたらしい。

僕をよく知るジュリアから見ても、怖《お》じ恐れるくらいの顔をしていたんだろう。

これは少しフォローしておいた方がいいかもしれないな。

そう思って口を開こうとしたとき。

「ここは先生に任せせようよ、ジュリアちゃん」

カタリナがジュリアの肩をぽんと叩いた。

「こんな顔をした先生を見るのは初めてだ。マジになった『万知の魔導士』にサポートなんていらない。むしろ足かせになっちゃう」

「それはそうですが……」

「まぁ、あたしたちはここで先生と子供たちの帰りを待とう。近くで本気になったロイド先生の実力を見られないのはちょっとだけ残念だけどね」

カタリナはおどけるようにペロッと小さく舌を出した。

それを見て、ジュリアが笑顔を覗かせる。

僕はそんなジュリアの頭をぽんと撫で、カタリナとジュリアに「村のみんなを頼む」とだけ伝えると、ひとりロット村を出発した。

＊＊＊

ここからは時間との勝負だ。

人狩りに遭遇してしまった子供たちは十名ほど。

カタリナは「人狩りは一回でふたりの大人を誘拐できれば儲けが出る」と言っていた。

それを考えると、十名……それも全員子供となれば相当な儲けだろう。

人狩りからしたら、すぐにでも奴隷商の元に向かいたいはず。

だけど、僕の予想では彼らは森の中にまだいると踏んでいた。

その理由は、遭遇した大人たちが逃されていたからだ。

目撃者はひとり残らず消したいと思うのが犯罪者の心理。

なのに見逃したのは、子供たちが住んでいる村の場所を調べて狩りつくそうと考えているからじゃないだろうか。

つまり、人狩りは人員を分けて半分を森に駐留させ、もう半分をロット村に向かわせている可能性がある。

村はカタリナたちがいるから心配は不要。

さらに、森に駐留して子供たちを守っている人狩りも人数が少ないなら、ひとりで十分対応できるだろう。

「まぁ、協力者は募るんだけどね」

使うのは【操作術】の魔法。

先日ララちゃんを助けたときみたいに動物たちに協力してもらうつもりだけど、今回は僕の目になってもらおうと考えている。

より強力な【操作術】で、視覚をリンクさせる方法だ。

無数の情報が一気に頭に入ってくるから、ヘタをしたら気を失う可能性もある危険な方法だけど、背に腹は代えられない。

腰を下ろして【操作術】を発動させる。

瞬間、空を飛んでいる鳥たちの視界が一気に頭の中に飛び込んできた。

一瞬、クラっとして意識が飛びかけたけど、数多くの鳥の視界を使ったおかげで「異変」はすぐに見つかった。

森の深い位置に立ち上るひと筋の煙。

あれは人が起こした焚《た》き火の煙だ。立ち入りが禁止されている森の中にいる人間といったら、人狩りたちの他にはいない。

「……よし、向かうか」

視覚リンクを切って立ち上がる。

ここから煙が上っていた場所までは結構な距離がある。

急いで向かいたいけれど、馬を使えば到着前に人狩りに見つかって子供たちに危害が及ぶかもしれない。

「ここは慎重に、隠密行動を取るべきだな」

次に発動させた魔法は、生命を司る《木属性》の【変異《トランシス》】。

瞬間――僕の体が大鷹《おおたか》の姿へと変化していく。

《木属性》は魔法のお披露目会でジュリアがゴーレムを召喚した属性だけれど、一時的に対象の体を別の生き物に変身させる魔法もある。

こういった隠密行動を取る際にピッタリの属性だ。

大空に舞い上がり、森の奥の方を見渡す。

すぐに先程見た煙を発見し、急いで向かう。

そのまま上空をぐるっと回って人狩りたちの姿を確認することにした。

まさか上空から見られているとは思ってもいない人狩りたちは、のんびり食事中のようだ。

ざっと見たところ、人影は十名ほど。

日差しや雨を防ぐ役割があるタープテントがいくつか張られていて、馬の姿もあった。多分、ここを拠点に周囲の村々を襲おうとしているのかもしれない。

だけど、ちょっと呑気すぎないか？

武装しているみたいだけど歩哨《ほしょう》もいないし無警戒すぎる。

こんな辺境の地に戦える人間なんていないと高をくくっているのかもしれないな。

自分たちを見て慌てて逃げ出すような連中が、子供を助けにくるわけがないと。

「なら、教育してやるか」

地上に降りた僕は続けて【変異】魔法を発動させる。

化けたのは小さなネズミだ。

これでキャンプに潜入して、中から大混乱に陥れてやる。

草むらをかきわけ、木陰から木陰へと走り抜けてたどり着いた人狩りのキャンプ。

上空から見たときはよくわからなかったが、人狩りたちは結構な重武装をしていた。急所を守る胸当てを着けている者もいるし、タープの中で談笑している男は騎士みたいなフルプレートメイル姿だ。

全員装備はバラバラ。

だけれど、共通して黒いフード付きマントを着ている。

カタリナから聞いた黒の旅団の特徴と一致している。

間違いない。こいつらが噂になっている人狩り組織だ。

この中に組織の幹部がいるのだろうか。

そいつを捕まえれば組織が瓦解《がかい》する。そうなれば、もう彼らに子供や家族をさらわれて悲しむ人を出さずに済む。

有象無象を相手にするより、まずは頭を仕留めた方がいい。

「……と、その前に子供たちだね」

危ない危ない。つい目的を忘れちゃうところだった。

堂々と人狩りの足元を通り抜け、子供たちの姿を探した。

タープの中をひと通り回ってみたけれど、それらしい姿はなかった。

一抹の不安が頭をよぎる。

十人の子供を捕まえておくには結構なスペースが必要になる。なのに見つからないということは、もう奴隷商の元に送られてしまったのだろうか。

だけど、それならそれでいい。

ここにいる連中から、力づくで情報を吐かせればいいだけなのだ。

そうして【変異】魔法を解いて暴れようかと思ったとき。

「……ん？」

僕の耳に、かすかに子供がすすり泣く声が聞こえた。

聞き間違いかと思って耳を澄ませたけれど、間違いではなかった。

声がしたのは、タープのそばに停めてあった馬車。

荷車部分が大きな牢屋になっていて、そこに子供たちが押し込められていたのだ。黒い布をかけられていたから気づかなかった。

ネズミの姿のまま荷車部分によじ登り、牢屋の隙間から中を覗き込む。

ララちゃんにトンタくん。

それに、他の村の子供たちの姿もある。

全員がロープで縛られ、布で目隠しをされていた。

人狩りたちの顔を見られないようにだろうけれど、むしろ好都合だ。

しゃべるネズミを見たら大騒ぎになっちゃうからね。

「……トンタくん」

小さく声をかけた。

トンタくんはキョトンとした顔をする。

「トンタくん、助けに来たよ」

「え？　この声って、ロイド様？」

「そうだよ。だけどあまり大きな声を出さないで。今からキミにナイフを渡すから、皆のロープを切ってくれ」

「わ、わかった」

人狩りにバレないように馬車の影で【変異】の魔法を解除して、トンタくんに持ってきたナイフを渡した。

僕が周囲を警戒している間に、トンタくんが子供たちの縄を解いていく。

「ロイド様、終わったよ」

「よし。みんな、怪我はないか？」

「う、うん」

「よかった。僕が今から人狩りたちを排除するから、キミたちは牢屋を出て森の中に隠れてて」

「わ、わかった」

緊張の面持ちで頷くトンタくん。

隣のララちゃんが尋ねてくる。

「ロ、ロイド様は大丈夫なのですか？　その……ご病気が」

「安心してララちゃん。あのくらいの人数なら全く問題ない」

にっこりと微笑んで見せるとララちゃんも安心したのか、少しだけ笑顔を覗かせてくれた。

「いいかいトンタくん。僕が合図を出したら皆を先導してね」

「わかった」

牢屋につけられた鍵を【斬烈衝】の魔法で切断して扉を開く。

あとは逃げてもらうだけだけど……さて、どうしたものか。

ぞろぞろと牢屋から出ていったら一瞬でバレてしまうからな。

まずは牢屋近くの人狩りたちの目をごまかす必要があるか。

「てことは、アレだね」

身体を司る《光属性》の【幻惑術】を発動させた。

人狩りたちに見せるのは「子供たちが牢屋の中にいる」という幻だ。

それと一緒に、本物の子供たちの姿も【幻惑術】で消す。

「よし、トンタくん。行っていいよ」

トンタくんは一瞬不安げな表情になったが、意を決して牢屋から飛び出すと、子供たちを連れて走り出した。

人狩りのひとりが馬車の方にやってきたけれど、【幻惑術】のおかげで目の前を走る子供たちには全く気づいていない。

よし。これで子供たちは大丈夫だ。

あとは――人狩りたちにちょっと痛い目を見てもらって「この地域には近寄るべきじゃない」と思わせて終わりにしようか。

「……っ!?　おい、子供たちはどこだ!?」

【幻惑術】を解除した瞬間、馬車の周りにいた人狩りが騒ぎだした。

「おい、どうなってる!?　子供が消えたぞ!?」

「はぁ？　子供ならそこの牢屋の中に……って、あれ？　なんでいねぇんだ？」

「ふざけんな！　お前が見張っていたんじゃないのか!?」

「し、知らねぇよ！　ほんの一瞬目を離しただけだぞ!?」

「どうしたんだ？　子供たちを探しているのか？」

「そうだよ！　さっきまでここの牢屋に……って、お前誰だ？」

ふたりの人狩りの視線が、僕に集まる。

「え？　僕？　通りすがりのただの教師だよ」

にこやかに【風圧衝】の魔法を発動させる。

強力な風を巻き起こす魔法だ。

バシッと空気が破裂する音が響いた瞬間、片方の男の体が大きく弾き飛ばされ、遠く離れた木の幹に激突した。

静寂が辺りを包み込む。

誰も何が起きているのか理解できていない様子だった。

「……テ、テメェッ⁉」

「なな、何モンだっ⁉」

「だから言ってるだろ。僕は通りすがりのただの教師だ」

再び魔法を発動させる。

今度は【物理変動】の魔法。巨大な荷車を空中に浮かび上がらせ、人狩りたちのそばに落としてやった。

「うわぁっ⁉」

「クソッ！　魔法か⁉」

「なんでこんな場所に魔導士がいやがる⁉」

「何でもいい！　魔導士には接近戦だ！　剣でぶっ殺せ！」

集まってきた人狩りたちが一斉に剣を抜く。

魔導士には接近戦。その判断は間違いじゃない。

だけど、その回答は三十点ってところかな。それが通用するのは育成を司る《火属性》が使えない素人魔導士だけなんだよね。

即座に【身体能力強化】の忍耐力の強化を発動させ、一時的に頑丈さを強化する。

瞬間、人狩りが僕の体を剣で斬りつけたが、まるで岩石に剣をぶつけたかのように弾かれた。

「か、硬ぇ！」

「なな、何だコイツ⁉　剣が通らねぇぞ！」

「ビ、ビビることはねぇ！　囲んで袋だたきにすれば殺《や》れるはずだっ！」

無知は罪なり、とはよく言ったもんだ。

牢屋の中でもう少し魔導士について勉強してきてね。

四方から詰め寄ってきたタイミングを狙って、魔法を発動させる。

「……【大爆嵐《エクス・ストーム》】ッ！」

砂漠に吹き荒れる砂嵐をイメージし、魔素を注入。

次の瞬間、僕を中心に巨大な竜巻が起こった。

「う、うわぁぁあっ⁉」

巨大な風のうねりが周囲の人狩りたちを巻き込み、巨大な木々をへし折りながら遥か上空へと舞い上がる。

ジュリアにも見せたことがない、超危険な《闇属性》魔法だ。

このまま落下すると死んじゃうので、落ちてくる人狩りたちに【物理変動】を使ってそっと地面へとおろしてやった。

ちょっと魔素量の減りが心配だけど、ほとんどの人狩りを無効化できたし、これ以上の戦闘はないだろう。

あとは彼らを縄でくくって、教会の聖騎士団に引き渡して終わりだ。

「ロ、ロイド先生？」

と、そのときだ。

森の中に、僕の名を呼ぶ声がした。

そちらに目をやると、女性が立っていた。

黒い魔導衣に身を包んだ、白い髪の女性——。

その顔に見覚えがある気がした。

「ああ、やっぱりそうだ！　ロ、ロ、ロイド先生だ！」

「キミは……まさか」

見間違いかと思ったけれど、やっぱりそうだ。

カスミ・ノッティス。

カタリナと同じ年のロイド教室の卒業生。

六人の生徒の中のひとりで、五華聖の勇者になることを断った子だ。

一瞬、彼女がカスミだとわからなかったのは年月のせいというわけではない。

以前の見た目からは想像できないくらいにかけ離れている。

僕が知っているカスミはいかにもご令嬢といった感じで、休み時間もひとりで魔法書を読んでいるようなおとなしい子だった。

黒髪、黒目。声をかけると恥ずかしそうに笑う純粋無垢な少女。

だけど、目の前のカスミにはそんな清楚《せいそ》な雰囲気はなく、目や髪の毛の色素も抜け落ちている。

だが、その変化には見覚えがあった。

カタリナが話していた、強制的に魔素量を上げる禁薬ポーション、ソーマ・エリクシールの副作用だ。

これは――嫌な予感がする。

「……どうしてキミがここに？」

努めて冷静に、刺激しないよう優しい言葉でカスミに尋ねた。

「確かキミは貴族お抱えの魔導士になったと聞いたけれど？」

「じ、実は、奉仕していた貴族様から捨てられてしまいまして、い、生きるために仕方なくってやつですよ……ふふ、ふふふ」

不気味に笑うカスミ。

その笑顔にも、昔の面影はない。

「そうか。黒の旅団が勢いづいていたのは、キミが協力していたからか」

おかしいと思っていたんだ。

黒の旅団だけが組織立って動いているのは、誰かの援助があったからじゃないかって。カスミほどの力を持つ魔導士が一緒なら頷ける。

しかし、僕の教室から犯罪に加担する魔導士が出てしまうなんて、結構ショックだな。

「でで、でもまさか、本当にロイド先生に会えるなんて思いませんでした」

カスミは視線を泳がせながら、引きつった笑みを浮かべる。

「こ、こんな田舎まで私が足を伸ばしたのは、ロイド先生の噂を聞いたからなんですよ？　学校を辞めて田舎に帰っちゃったって……酷いですよロイド先生。ひと言いってくれたら、すぐに会いに行ったのに」

なんだか不穏な流れになってきたな。

言っていることはカタリナのときと似ている。

状況があまりにも違いすぎるけど。

「僕の話をどこで？」

「え？　教えるわけないじゃないですか。ひ、ひ、秘密ですよ」

カスミはいたずらっぽく、キュッと口角を吊り上げる。

「私、ずっと先生のことばかり考えていたんですよ。先生に会いたくて会いたくて、奉仕先の屋敷を抜け出したこともあったんですから」

「そうなんだね。でも、そういうセリフはこんな殺伐とした場所じゃなくて、もっと雰囲気のある場所で聞かせてほしかったね」

「何言ってるんです先生？　殺し合うには凄くいい雰囲気じゃないですか」

血の気が引いた。

殺し合うなんて言葉、教え子の口から聞きたくなかった。

「私、ずっと先生の力になりたいって思ってたんです」

震えていたカスミの声が、しっかりとしたものに変わっていく。

「ロイド先生は落ちこぼれだった私なんかに親身になってくれた。だから恩返しっていうか、病気になっちゃった先生のことを助けたいって思ってたんです。だけど、先生の力になるにはもっと強くならなきゃいけないし……」

「それがソーマ・エリクシールに手を出した理由？」

「よくわかりましたね。そうですよ」

カスミが凄惨な笑顔を作る。

「クラス一の落ちこぼれだった私が強くなるにはそれしかないじゃないですか。先生なら私のこの気持ち、わかってもらえますよね？」

「キミは昔から向こう見ずな頑張り屋さんだったからね」

僕はカスミのことを落ちこぼれだとは思っていない。

人より成長速度が少しだけ遅かっただけで、彼女は努力の天才だった。

他人が十やれば、カスミは五十やる。

使えるものがあれば何でも使う。それがカスミという女性だった。

まぁ、魔法の威力がアップするという怪しい薬草を買ってきてクラス中に毒素を撒《ま》き散らしたり、身につけると魔素量が増える魔導具を買って逆に魔素量がゼロになったりといろいろトラブルはあったけど、彼女の成績は入学時とは比べ物にならないくらい上がった。

自分はまだ未熟だと五華聖の話を断っていたけど、カスミの実力はほかの生徒たちと大差はなかった。

「わかってもらえたなら、私と戦ってください。先生」

「その必要はないよ」

きっぱりと言い放つ。

「僕はもう第一線からは身を退いているんだ。わざわざ戦わなくても、どっちが勝つかは明白だ」

「私が勝つのは目に見えているからやりあう気はない、と？」

「そう受け取ってもらってもいい」

「やってくれないなら、森の中に隠れてる子供たちを殺すと言っても？」

瞬間、周囲から音が消えたような錯覚に陥った。

「あ、目の色が変わった」

「頼むカスミ。僕を怒らせないでくれ」

「嫌ですよ。だって私、先生を本気にさせたい。本気になった万知の魔導士に勝ってこそ、私の強さが証明できるでしょ？」

僕を助けられる立派な魔導士になったことを証明するために、僕を殺すってわけか。実に本末転倒な理由だな。

それもソーマ・エリクシールの副作用か。

「キミは変わってしまったね。昔から向こう見ずだったけど、越えちゃいけない一線は越えなかった」

「変わろうと努力したんですよ」

カスミはにっこりと微笑むと、手のひらをこちらに向ける。

「じゃあ、今から五つ数えますね先生。ゼロになったら、この一帯を私の魔法で焦土に変えます。それまでに私を力づくで止めてみてください」

「……っ!?　ちょ、カスミさん!?」

僕よりも先に驚きの声をあげたのは、傍観していた人狩りたちだった。

「ま、待ってください！　お、俺たちは？　俺たちはどうすれば？」

「え？　知りませんよ。五秒以内に逃げればいいんじゃないです？　逃げ遅れたら、消し炭になっちゃいますけど。うふふふ」

「……っ！」

ざわざわと人狩りたちの中に動揺が広がる。

「いきますよ先生。……五」

不気味な笑みを浮かべるカスミ。

それを見て本気だと思ったのか、人狩りたちが慌て始める。

「お、おい、やべぇぞ!?　逃げなきゃ殺されちまう！」

「だ、だけどここで本隊の帰りを待ってないと金が貰えねぇぞ!?」

「ば、馬鹿野郎！　報酬より命が大事だろ！」

本隊というのは、ロット村に向かっている連中のことだろうか。

村人が泳がされていたという僕の予想は当たっていたか。

早く村に戻りたいところだけど……そっちは後回しだ。

「……四」

逃げる人狩りたちを気にもとめず、カスミは指をひとつずつ折っていく。

「三」

「やめろカスミ！」

叱りつけるように名を呼んだ。

だけど彼女は手を止めない。

「二」

「キミとは戦いたくない！」

「一」

最後に残った人さし指が赤く輝き出す。

魔法発動の兆し。

そして――。

「ゼロ……ッ⁉」

彼女の指がメラメラと燃え始めた瞬間、凄まじい突風が彼女の頬をかすめた。

僕が放った【斬烈衝】だ。

巨大な風の刃は、カスミの背後の木々を紙細工のように切断し、空の彼方へと消えていった。

「す、すす、凄い！　ま、魔素敗血症に蝕《むしば》まれているというのに、この魔素量……先生は
やっぱり大賢者だった！」

恐怖ではなく、歓喜に震えるカスミ。

その無邪気さにわずかながら学生時代の面影を見たけれど、その思い出には蓋をした。

「いいかいカスミ。子供たちに手を出すというのなら、次は容赦なく当てるよ」

「やっと本気になってくれたんですね、先生」

「何を言っても無駄みたいだからね。悪いけど、少しだけ痛い目を見てもらうよ」

「嬉しいっ！　先生、愛しています！」

そんな愛情表現とは裏腹に、カスミは危険な《闇属性》魔法を放つ。

巨大な炎の塊を放つ【発火撃】――。

こちらに向かって超高速の炎が放たれた瞬間、僕は即座に【魔法障壁】を発動させ弾き飛ばした。

「キミの得意分野は熟知しているよカスミ。《闇属性》と《水属性》だろ？」

「覚えていてくれたんですね。もっと私のことを知ってください、先生」

カスミが続けざまに魔法を発動させる。

それらを【魔法障壁】で防ぎながら、僕は次の一手を考える。

このまま防戦一方だと、すぐに魔素が尽きてしまう。

どこかのタイミングで反攻に転じないと。

でも、守護を司る《水属性》持ちの魔導士相手に《闇属性》の魔法を放つのは愚の骨頂だ。

使うのは《水属性》に有利が取れる《火属性》。

先日、カタリナと模擬戦をしたときに使った【身体能力強化】の三重掛けで一気に終わらせる。

「今度はこっちから行くよ、カスミ」

僕の【魔法障壁】が切れたタイミングで、自分の体に【身体能力強化】を発動させた。瞬発力の強化、腕力の強化の三重かけだ。

魔素が体内から急激になくなっていくのがわかった。

もう残された魔素はわずかだ。

「……わ！」

驚きの表情を浮かべたカスミが、咄嗟に【魔法障壁】を作った。

だけど【魔法障壁】は魔法を防ぐための盾。

物理攻撃に対しての効果はない。

――そう思ったのだけれど。

「駄目ですよぉ、先生」

僕の拳が【魔法障壁】と触れた瞬間、凄まじい衝撃が僕の拳を襲った。

まるで三重かけした【身体能力強化】のダメージが全部こちらに返ってきたような衝撃。

なんだこれは。

どうして物理攻撃が弾かれた？

「うふふ……先生が考えていることはわかります。どうして倍がけの【身体能力強化】なのに、【魔法障壁】を破れないのかって」

くつくつとカスミが肩を震わせる。

そんな彼女の周囲に浮かぶ、魔法の盾。

それを見て、異変に気づく。

その盾の色だ。

通常の【魔法障壁】は青色のはずなのに、燃えるような赤色だった。

「……そうか。これは【属性混合《ブレンダ》】か」

「わぁ、さすがはロイド先生。一瞬で見破るなんて尊敬しちゃいます」

【属性混合】というのは、その名の通り属性をかけ合わせる魔法のことだ。

魔法属性には上下関係があり、その関係を覆すことはできない。

だけど、唯一その関係を「引き分け」にすることができる。

それが【属性混合】だ。

「私の【魔法障壁】は《火属性》をミックスしている特別製なんです。だから《火属性》魔法でも簡単に打ち破ることはできません」

いわば火属性の障壁というわけか。

同じ属性なら上下関係はなく、単純な力勝負になる。

そりゃ簡単に割れないわけだ。

だけど、【属性混合】は最上級難易度の魔法。

五華聖の勇者たちでも、おいそれと使うことはできない高等技術のはず。

これもソーマ・エリクシールの力なのか？

「どうです先生。私、強くなったでしょう？　大賢者にして『万知の魔導士』と呼ばれたロイド先生にも破れない【属性混合】まで使えるんですから」

「そうだね。だけど対策がないわけじゃないよ。ただ、同じ方法で打ち破ればいいだけだ」

「……え？」

僕は魔法を発動させる。

ちょっとやり方を変えた【身体能力強化】の筋力強化だ。

僕の拳がカスミの障壁に触れた瞬間、まるで視界が歪むようにグニャリと変形し、爆発音とともに四散した。

「なっ⁉」

カスミが目を見開く。

「わ、わ、私の障壁が……⁉　一体どうやって⁉」

「答えは簡単。キミと同じ【属性混合】さ」

僕はカスミに手のひらを差し出す。

五本の指、それぞれが違う色に発光していた。

「悪いけど、【属性混合】はキミの専売特許じゃないんだよ。キミのは二属性混合みたいだけど、僕のは――五属性だ」

「ご、ごご、五属性⁉　そんなデタラメな」

「デタラメ？　何を言ってるんだい？　キミは本気になった『万知の魔導士』の力を見たかったんでしょ？」

「……っ！」

カスミの顔が、初めて恐怖の色に染まった。

慌てて《闇属性》魔法を放つカスミだったが、それを難なく【魔法障壁】で弾き飛ばし、ゴーレムを召喚する。

「う、わっ！」

地面から伸びたゴーレムの腕が、カスミの足を掴んだ。

そして彼女をそのまま空中に吊り上げ、自由を奪う。

「う……くっ⁉」

暴れるカスミだったが、ゴーレムの周囲に【魔法消失】の結界を作り、彼女の魔法を消失させる。

体の自由を奪われたカスミに、この結界から逃れる術はない。

「勝負あり、かな？」

吊り上げられたカスミを見上げた。

彼女は恐怖で顔を引きつらせる。

「こ、殺さないんですか？」

「殺す？　馬鹿言うな。そんなことキミにするわけないだろ」

「ど、どうして？　私は先生を殺そうとしてたのに……」

「どんな理由があったとしても、教え子に手を出すのは教師として失格でしょ」

なんて余裕ぶってるけど、魔素敗血症のせいでもう魔素が残ってないってのもあるんだよね。

これ以上、魔法は使えない。それどころか、気を抜くと気絶しちゃいそうだし。昔はこのくらい魔法を連発しても余裕だったのになぁ。

まぁ、魔素が残ってたとしてもカスミを殺そうなんて思わないけどさ。

「そ、そんな……」

だらりと脱力するカスミ。

ようやくおとなしくなってくれたか。

そう安堵した瞬間――カスミはニヤリと口角を吊り上げた。

「教え子に手を出すのは失格とか、そんなウソに騙《だま》されませんよ、先生？　私が推測するに魔素敗血症の影響で魔素がもう残っていないんですよね？」

「……っ⁉」

カスミは、ゴーレムに足を掴まれたまま《火属性》の【身体能力強化】で筋力を強化させた。

すぐさま僕が発動させている【魔法消失】によってかき消されてしまうが、カスミは間髪入れずに魔法を連続発動させる。

二度、三度。その度に魔法が消失するが、カスミは止まらない。

やがて連続発動に耐えきれず、僕の【魔法消失】が弾け飛んでしまった。

「……やってくれるね」

笑うしかなかった。

なんてめちゃくちゃなやり方だ。

こんな方法で僕の魔法を打ち破るなんて。

例えるなら「ソーマ・エリクシールの力を後ろ盾にした魔素量の殴り合い」とでも言えばいいのだろうか。

腹立たしいことに、あんなに魔法を連続発動させたのに、カスミの魔素は減っている気配がない。

こっちはとっくに底をついているというのに。

「先生ッ！　死んでくださいッ！」

強化した筋力でゴーレムの手を吹き飛ばしたカスミが、こちらに指先を向けた。

その指先が赤く輝き、魔素反応が生まれる。
これは万事休すか――。
そう諦めかけたときだ。
「ロ、ロイド様ッ！」
森の中に響いたのは、聞き覚えのある少女の声。
顔を上げた僕の目に、こちらに走ってくるララちゃんの姿が映った。
まさか僕の危機を見て、飛び出してきたのか。
「……っ！　ダメだララちゃん！　こっちに来ちゃ――」
駆け寄ってくるララちゃんを制止しようとしたときだ。
ふと、自分の体に異変を感じた。
体の奥底から膨大な魔素が湧き出てくる感覚……とでもいうのだろうか。
これは、魔素が回復している？
でも、どうして？
何故突然、魔素が回復した？
「……いや、考えるのは後だ」
理由はわからないけど、これなら魔法が使える。
カスミの指先から火の弾が放たれると同時に【魔法障壁】を発動させる。

障壁に阻まれ、カスミの魔法が四散した。

「……まっ」

カスミが驚いたように目を見開く。

「ま、魔素が元に戻ってる⁉　ま、まさかロイド先生にかかっているその魔法……【魔素湧泉《マジクリング》】⁉」

「……え？」

その名前に、聞き覚えがあった。

【魔素湧泉】は《光属性》の魔法で、一時的に対象が持つ魔素量を爆発的に増やす効果がある――と言われている。

はっきりとわかっていないのは、魔法学の歴史書に記載があるだけで、誰も発現させたことがないからだ。

【魔素湧泉】は、言わば伝説上の魔法。

その伝説の魔法が僕の体にかかっているというのか？

だけど、これが【魔素湧泉】というのなら納得できる。

魔素量を増やす魔法なんて他に存在しないし、ソーマ・エリクシールでも使わないかぎり無理な話。

でも――一体誰が【魔素湧泉】を？

「ロイド様！　大丈夫ですか!?」

ララちゃんの声。

駆け寄ってきた彼女が、僕の腕に手を添える。

「す、すぐに手当を……」

彼女の両手がほんのり輝き、体内から魔素が湧き出る感覚が生まれる。

まさか――。

「ララちゃん、この魔法って」

「は、はい。ロイド様が魔法を使えないようだったので、《光属性》の治癒魔法を使ってみたのですが……」

ウソでしょ……と思ったけど、間違いなくララちゃんの魔法で僕の魔素が回復している。

伝説の【魔素湧泉】を使ったのは、ララちゃんと考えていいだろう。

驚きを通り越して、笑い出しそうになってしまった。

初めて魔法を使ったときから才能があるとは思っていたけれど、これほどの力があったなんて。

もしかすると彼女は、天魔と呼ばれている英雄シオン・ヴィスコンティ以上の存在になるのかもしれないな。

「……ありがとう、ララちゃん」

不安げにこちらを見ているララちゃんの頭をポンと撫でる。

何にしても助かった。

——これでカスミを止めることができる。

「カスミ……ッ」

「……っ」

立ち上がった僕を見て、カスミがうろたえる。

「もうやめよう。僕の魔素は回復した……いや、今はキミと同じくらいの魔素量がある。これ以上の戦いは無意味だ」

「……う、ううう」

カスミがじりじりと後ずさる。

そんな彼女が威嚇するように睨んだのは僕——ではなく、隣のララちゃんだった。

「だ、だだ、誰だか知らないけど、わ、わ、私の……私の邪魔をしないでよっ！」

赤く輝く指先を向けるカスミ。

「せ、先生は、私のものなんだからっ！」

「……っ!?」

カスミの指先から、火の矢が放たれる。

その魔法のスピードが想像以上に速かったからか、魔法発動のイメージをする時間がなかった。

まずい。魔法の発動が間に合わない。

そう判断した僕は、咄嗟にララちゃんの体に覆いかぶさる。

瞬間、背中に凄まじい熱と衝撃が走った。

「ぐっ……⁉」

「ロイド様！」

強烈な痛みが僕の背中から右肩にかけて駆け抜けていく。

肌が焼ける臭いがする。

傷を見なくても、かなりのダメージを受けたのがわかる。

だけど、致命傷というわけではなさそうだ。

咄嗟に体を捻ったのが功を奏したのかもしれない。

「ララちゃん、無事かい？」

「わ、私は大丈夫です。でも、ロイド様が……」

「安心して。僕も平気だよ」

痛みを堪《こら》えて笑顔で応える。

これくらい、どうってことはない。

衣服はだめになっちゃったけど、傷は後で【裂傷治癒】をかければ問題ないからね。

「ロ、ロイド先生……っ！」

カスミの低い声が響く。

顔を上げると、彼女がうらめしそうにこちらを見ていた。

「ど、どうしてそこまでしてその子を助けるんですか⁉　わっ、わ、私よりも魔法の才能があるからですか⁉」

「理由は単純だ。この子も僕の教え子だからだ」

その言葉に、カスミがひゅっと息を呑んだ。

「いいかいカスミ。僕はララちゃんだけじゃなく、キミも助けたいと思っている」

「……っ⁉　そ、そんなこと言って、先生も私をすぐに見捨てるんでしょ⁉　し、知ってるんだから！」

「そんなことするわけないじゃないか。学生時代を思い出してよ。僕がキミを見放したり、見限ったりしたかい？」

「……っ⁉」

カスミはカタリナほどではなかったが、周囲に迷惑をかけることがあった。

魔素量が上がるという怪しい薬草を使って、教室内で毒素を撒き散らしたのもその一例だ。

やり方を間違った努力、とでも言うのだろうか。

彼女は彼女なりに、努力して強くなろうと必死だった。

だから、僕はその度にカスミに正しいやり方を教えてきた。

今回だってそうだ。

カスミは僕に強くなったことを見せたかったけれど、やり方を間違ってしまったんだ。

「僕は教え子を見捨てるなんて絶対にしない。例えその子がどんな悪事に手を染めていたとしてもね」

「そっ、そんなこと……口だけで……本当は……」

自分に言い聞かせるように否定の言葉を口にするカスミだったが、ララちゃんと僕を見て、その言葉をグッと呑み込む。

「……うう」

言葉の代わりに出てきたのは、大粒の涙。

カスミは膝からその場に崩れ落ち、やがて大泣きし始めた。

「せんせぇ……ぐすっ……ごめんなさい……うえぇん」

その姿と、記憶の中のカスミが重なる。

ようやく昔のカスミが戻ってきてくれた。

これなら言って聞かせられる気がするな。

僕は立ち上がると、カスミの傍に行く。

「いいかい、カスミ？　強くなったことを僕に証明したいのなら、これからはもっと違う方法を取ってほしい。こんな危険で野蛮なやり方はしないように」

「……わかりました。そうします。ぐすっ」

「それと、もう禁薬には手を出さないこと。そんなもの使わなくてもキミはもっと強くなれるよ。なんたって、僕の教え子なんだから」

「……はい」

「最後にもうひとつ。もし、人生をやり直したいのなら、喜んで協力するからね」

「……ぅえっ？」

カスミが涙でぐちゃぐちゃになった顔を上げる。

「もちろん、教会にキミを渡して人狩りに協力していた罪は償ってもらう。だけどその後で人生をやり直したいと思うのなら……その魔法の才能を活かせる場所を一緒に探してあげるよ」

「さ、才能を使える場所？」

「そう。例えば、王国の魔法院とか」

「……ま、魔法院？　そ、そ、そんなことができるんですか？」

「できるさ。ユンがキミみたいな魔導士を探しているらしくてね。話をすれば喜んで引き取ってくれるはずだよ」

「ユンが……」

魔導院が犯罪に手を染めた魔導士の更生に取り組んでるって言ってたし、院長のユンにお願いすればきっと助けてくれるだろう。

「どう？　キミにとっても悪い話じゃないと思うけど」

「………………」

カスミは迷っているようだった。

かつてのクラスメイトに今の自分の姿を見せたくないと思ったのか。

それとも犯罪に手を染めてしまった今、合わせる顔がないと思っているのか。

カスミはしばらく悩んで、そっと口を開いた。

「わ、私は……」

「え？」

「私は変わってしまいましたけれど、ロイド先生は相変わらず優しいんですね」

「いや、優しいというより、教え子たちに甘い駄目な教師というのが正解じゃないかな」

僕は笑いながら続ける。

「でも、僕はそれでいいと思ってるよ」

「先生……」

カスミはどこかホッとしたように笑い、そして続けた。

「ありがとうございます。私……もう一度、やり直したいです」

＊＊＊

昔のおとなしい姿に戻ったカスミを連れて、ララちゃんと一緒に子供たちと合流した。

最初、子供たちはカスミを警戒しているようだった。

だけど、子供が苦手だったのかカスミも彼らを前に怯えていたので「さらわれた村娘では？」と勘違いされ、すぐに打ち解けていた。

無事に子供たちと合流できたわけだし、人狩りの本隊が戻ってくる前に急いでロット村に帰還しよう。

そう考えたけれど、二の足を踏むことになった。

夜の帳《とばり》が下りてしまったからだ。

木々の隙間から見える空は薄暗く、もうすぐ星空が見える時間。

これからロット村に帰るなら、夜間の森を歩くことになる。

僕ひとりなら平気だろうけど子供たちには危険すぎる。もし獣に襲われでもしたら一巻の終わりだ。

「仕方ない。ここでひと晩明かすか」

人狩りの本隊が戻ってくる心配はあるけれど、ゴーレムを召喚して見張りをしてもらえば事前に察知できるだろうし。

森の中を歩くよりもいくらか安全だ。

「……え？　キャンプするのか？」

そう声をかけてきたのはトンタくんだ。

隣にはララちゃんもいる。

ふたりとも不安でいっぱいのはずなのに、他の子供たちに声をかけて回ってくれている。彼らも成長したもんだ。

「今から森の中を歩くのは危険すぎるからね。悪いけど、トンタくんとララちゃんは焚き火の準備をしてくれるかい？　僕はちょっと人狩りたちが残した物資を漁ってくるから」

「わかった。適当に燃えそうなやつを探してくる」

「暗いからあまり遠くに行かないようにね。モンスターはいないだろうけど、獣が潜んでいるかもしれないから」

「だ、大丈夫だ、俺に任せろ――」

緊張の面持ちで自分の胸を叩くトンタくん。

同時に、彼のお腹がグゥとなった。

ララちゃんが一瞬キョトンとした顔をして、クスクスと笑い出す。

「ふふ、緊張感、ない」

「う、うるさいな！　腹が減るのは仕方がないだろ！」

つられて僕も笑ってしまった。

まぁ、どんな状況でもお腹は空くからね。

他の子供たちもお腹が減ってるだろうし、食べ物を中心に探してくるか。

お腹がいっぱいになったら、少しは心細さも紛れるかもしれないし。

というわけで、仲良く焚き火の準備を始めるトンタくんたちを微笑ましく眺めながら、周囲のタープテントへと向かう。

「あ、あの、ロイド先生」

背後から声がした。

振り向くと、もじもじと身を捩《よじ》らせているカスミが立っていた。

「い、今から食べ物を探すんですよね？　私も手伝います。こ、このキャンプには少し詳しいので……」

確かに人狩りとキャンプしていたカスミなら、どこに何があるのか手に取るようにわかるかもしれないな。

「ありがとう。じゃあ、一緒に頼むよ」

カスミはホッとするような笑顔を見せ、こちらに駆け寄ってきた。

それから手分けしてタープテントを漁り始める。

「あ、ありました。ほ、干し肉……」

「おお、いいね。その調子で頼むよ」

「は、はいっ……」

食べ物はカスミに任せて、僕は他のものを探そうかな。

夜になると冷えるから、防寒具みたいなものがあればいいんだけどな。

「ところで、カスミはいつから黒の旅団に？」

何気なしに尋ねてみた。

「ええっと、半年くらい前です。と言っても臨時の傭兵だったので、旅団の方から仕事の依頼が来ないときは関わっていませんでしたけど」

「そうなんだ」

関わりが深くなかったとはいえ、雇われていたのなら黒の旅団の幹部の顔を知ってるかもしれないな。

カタリナも「捕まるのはいつも末端の使い走りばかり」って言っていたし、カスミの情報が組織壊滅のための手がかりになりそうだ。

幹部の情報と引き換えに、罪が軽くなったりしないだろうか。

部外者の僕が口出しするべきじゃないけど、一応カタリナに持ちかけてみるか。

「……ん？　なんだこれ？」

ひときわ大きなリュックを漁っていると、中から一通の手紙が出てきた。

宛先も何も書いていない手紙。

何だろう。誰かから黒の旅団への手紙だろうか。

旅団について何かわかるかもしれないと思って中を開いて、ギョッとしてしまった。

中に入っていた用紙に見覚えのある「学校印」が押されていたからだ。

これは、ナーナアカデミアの学校印――。

魔法で簡易的な明かりを作って、手紙の内容を確認する。

詳細は書かれていなかったが、学校から黒の旅団の幹部に向けて面会の日時と場所が指定されていた。

何のための面会かなんて考える必要もない。

これは、十中八九、人狩りの依頼だ。

そこで僕はとあることを思い出す。

僕が学校を辞めたことをカスミが知っていた件だ。

誰に聞いたのかと尋ねたけれど、答えを濁されていた。

あれって、もしかして――。

「ねぇ、カスミ?」

「は、はい?」

「僕が学校を辞めた話をキミにしたのって、もしかしてブライト校長かい?」

「……っ⁉」

驚きのあまり、カスミは抱えていた干し肉をバラバラと落としてしまう。

彼女は慌てて干し肉を拾い上げ、泣きそうな顔で続ける。

「そっ、そそ、そうです」

やっぱりか。

ブライト校長は人狩りに仕事を依頼した。

そして、面会場所に現れたカスミに僕のことを尋ねられ、辞めたことを伝えたんだろう。

「でも、どうしてブライト校長は黒の旅団に人狩りを依頼したんだ？」

「せ、生徒が減っているから、と言ってました」

「減っている？」

「は、はい。どうやら先生が学校を辞められたくらいから生徒の数が激減して、国からの援助金が打ち切られる可能性が出てきているみたいです」

「……そうか。だから強引な方法で子供を集めようって考えたわけか」

かなり強引すぎる方法だけど。

無理やり誘拐してきた子供を学校に入れて、どんな未来が待っているかなんて考えなくてもわかるだろうに。

人狩りを使って子供を誘拐していた——なんてことが明るみになれば、援助金どころの話ではなくなる。

それほどブライト校長は追い詰められているのか？

それとも何か別の意図があるんだろうか。

「……まぁ、いいか」

僕はナーナアカデミアを辞めた身。

彼らが何をしようと、知ったことじゃない。

でも、この件はカタリナに報告しておいた方がよさそうだ。

手紙をそっとポケットに入れてから、探索を再開する。

しばらくタープを漁って、料理に使えそうな鍋と食材……それに、寝袋をいくつか発見した。

ひとつで子供ふたりは入れそうだし、これだけあれば十分だろう。

「よし。そろそろ子供たちのところに戻ろうか」

「は、はいっ」

探索を切り上げてトンタくんたちのところに戻ると、焚き火の周りに子供たちが集まっていた。

早速、カスミが見つけた干し肉を配って回る。

だけど、干し肉だけじゃお腹がいっぱいにならないだろうから、もう一品、僕の手料理を用意することにした。

飲み水を入れた鍋を火にかけ、見つけた食材を小さく切って適当に入れていく。

袋詰めになっていた豆に、ニンジン、玉ねぎ。

あとは、ちぎった干し肉を少々。

「それは何を作っているんですか？」

ララちゃんが興味深げに尋ねてきた。

「単純な野菜のスープだよ。子供たちに温かいものを食べてもらいたくてさ。まぁ、調味料がなかったから味はあまりよくないかもしれないけど」

「でも、美味しそうないい匂いがします」

「食材の質はよさそうだったからね」

寝袋も薄っぺらいものじゃなくてしっかりとした素材で作られていたし、多分、どこかの街で買ってきたのだろう。

さすがは潤沢《じゅんたく》にお金を持ってる犯罪組織だ。

それからララちゃんとトンタくんに手伝ってもらって、完成した野菜スープを全員に配ってもらった。

野菜ばっかりだし、子供たちの口には合わないかな――と思ったけど、ガツガツ食べていた。

やっぱり相当お腹が空いてたんだな。

野菜スープを平らげてから、寝袋にくるまって夜を越すことになった。

だけど、環境が違いすぎるのか、なかなか寝付いてくれない。

中には寂しさで泣き出す子供もいる。

ううむ。温かいご飯を食べたら少しは落ち着くかと思ったけど、そんなに甘くはなかったか。

「……よし、僕がいいものを見せてあげよう」

こういうときこそ、僕の出番だ。

なにせ僕には魔法が使えるんだからね。

「いいものってなんですか、ロイド様？」

早速魔法を発動させると、ララちゃんが尋ねてきた。

「上を見ればわかるよ」

「上？　……あっ」

空を見上げたララちゃんが、目を丸くした。

鬱蒼《うっそう》と茂っていた森の木々がなくなり、美しい夜空が広がっていた。

ロット村でもあまりお目にかかれない、キラキラと輝く星が散りばめられた空。僕の魔法【幻惑術】で作った星空だ。

「う、うわぁ」

「ほ、星空だ……」

「す、凄いキレイ！」

トンタくんやカスミ、それに他の子供たちも目を輝かせている。

うん。効果抜群みたいだね。

だけど、僕の魔法はこれで終わりじゃないよ。

「ほら、あそこを見て」

「あそこ……？　うわっ!?」

僕が指さした先――。

子供たちが寝ている場所の目と鼻の先に、青白い光を放つ花々が一面に咲いていた。

「ロ、ロイド様、あれって何ですか!?」

「あれは三日月草の花だよ、ララちゃん」

昼間に採取した三日月草の花。

いつか村の人たちにお披露目しようと思っていた光景だけれど、ひと足先に子供たちに楽しんでもらおう。

星空の下で見る三日月草の花は綺麗だった。

辺り一面がぼうっと青白く光っている花で埋め尽くされている光景は、言葉にできないくらい神秘的だ。

もし天国があったのなら、こういう場所なのかもしれないな。

「あ、あの……いろいろとごめんなさい。ロイド様」

ララちゃんが申し訳なさそうに口を開く。

僕は首をかしげてしまった。

「え？　ごめんって、何が？」

「皆と森に入っちゃったことです。フーシャさんから禁止されていたのに……」

「……ああ」

そういえば、その話は全くしていなかったな。

「こっちこそ心配をかけてごめんね。僕を助けようと思って薬草を採りに行ってくれたんだよね？」

「…………」

ララちゃんはうつむいたまま、こくりと頷く。

「村のルールを破ったことは褒められたことじゃない。だけど、キミたちの優しさは十分僕に伝わったよ。ありがとう」

「ロ、ロイド様……」

ララちゃんはホッとしたのか、大粒の涙を溜めて静かに鼻を鳴らし始めた。

「ねぇ、ララちゃん。三日月草の花言葉って知ってる？」

「えっ？　花言葉？」

「そう。これはカタリナの受け売りなんだけど、『忘れられない思い出』なんだって」

再び、目の前に広がる神秘的な景色に視線を戻す。

「今回の事件って、どうやってもみんなの記憶に残っちゃうと思うんだ。人狩りにさらわれて牢屋に閉じ込められて……相当怖い思いをしただろうからね。だけど、この綺麗な景色で締めくくられる記憶なら、きっといい意味で忘れられない思い出になるんじゃないかなって思うんだ」

記憶の上書きってわけじゃないけどさ。

同じ「人狩りにさらわれた」って記憶でも、怖いイメージより感動したイメージで締めくくった方がいくらかマシだと思う。

ララちゃんは、しばらくじっと三日月草の花を見つめていた。

やがて彼女はポツリと口を開く。

「確かにこの光景は、ずっと忘れられなさそうです」

僕を見たララちゃんの顔は、三日月草の花に負けないくらいキラキラと輝いていた。

「ありがとうございます、ロイド様」

「……うん」

なんだか静かだなと思ってちらりと周りを見ると、ひとしきり感動して心が緩んだのか、子供たちはすやすやと寝息を立てていた。

トンタくんやカスミも、ぐっすり眠っているみたいだ。

「よし。それじゃあ僕たちもそろそろ寝ようか」

「はいっ」

そうして僕たちも寝袋の中に潜り込む。

やがて【幻惑術】の効果が切れ、森は静かな暗闇に戻っていった。

＊＊＊

翌朝。僕たちは無事、ロット村に戻ってきた。

子供たちの親御さんたちはフーシャさんの家でずっと待っていたようで、僕たちが戻ってきたことを知るやいなや、一目散に駆けつけてきた。

彼らは子供たちが無事に帰ってきたことを泣いて喜び、もう二度とやるなと叱りつけ始める。

ここからは僕の出る幕じゃないのでそっと立ち去ろうと思ったんだけど、フーシャさんや親御さんたちに見つかって熱烈に感謝された。

「ロイド様はロット村の救世主だ！」

「救世主ロイド様の偉業を忘れないように村に銅像を建てよう！」

なんてフーシャさんや村の人たちに騒ぎ立てられたり、

「ロイド先生は紛れもなく大賢者で天才魔導士ですわ！」

「ロイド先生はやっぱり列聖にふさわしい人だね！」

「お兄様、ラブです！」

と、ジュリアやカタリナ、ピピンから憧憬《しょうけい》の眼差しを向けられた。

もう恥ずかしいやら嬉しいやらで、苦笑いを浮かべるしかなかった。

とりあえず、列聖の件は華麗にスルーしたけど。

すっかり教室のお姉ちゃん的な立ち位置になったジュリアも、ララちゃんやトンタくんが無事に戻ってきたことを素直に喜んでいた。

そのララちゃんとトンタくんだけど、禁を犯して皆を森に先導したことで厳重注意を受けることになった。

ただ、人狩りに遭遇したときに魔法を使って大人たちを助けようとしたらしく、その点については感謝されていた。

トンタくんに「助けることができたのは、魔法を教えてくれたロイド様のおかげだ」なんて言われて、ちょっと目頭が熱くなっちゃったよね。

そんなこんなで、無事に人狩り騒動が落ち着いて普段のロット村に戻った——と思ったのだけれど、そう簡単にはいかなかった。

カスミの件が残っていたからだ。

「……失礼します」

人狩り騒動が終わった次の日――。

僕は村の教会を訪れていた。

事務室の扉をそっと開いたところ、お世辞にも広いとは言えない部屋にカタリナの姿があった。

「あ、先生――うげっ」

カタリナが嬉しそうな顔で席を立った瞬間、ドサドサッと書類の束が机から落ちた。

多分、溜まりに溜まった書類仕事だろう。

団長っていうのも大変だなぁと同情したけど、湖で釣りをしたり散歩したりしていたことを思い出し、自業自得だと訂正することにした。

「おはようカタリナ。カスミはどう？」

「落ち着いてるよ。禁薬抜きには少し時間がかかってるけどね」

カスミはカタリナに引き渡し、現在「禁薬ポーション抜き」の治療を受けている。禁薬が体内に残ったままだと、時折発作が起こってしまって事情聴取に支障が出てしまうらしい。

こうして教会を訪れたのは、事情聴取が始まる前にカスミの今後についてカタリナに相談しておこうと思ったからだ。

「カスミはこの後どうなるんだ？」

「捕まえた黒の旅団メンバーは王都に連れていって牢屋行きになる予定だから、カスミもそうなるとは思う。普通だったら、ね」

カタリナは少しだけ嬉しそうな顔で続ける。

「残念ながら今回も旅団の幹部は捕まえられなかったし、カスミが持ってる情報がかなり重要になりそうなんだよね」

結局、あの人狩りグループの中に黒の旅団の幹部はいなかった。

ロット村に現れた本隊はカタリナと教会騎士たちによって撃退されたらしいんだけど、その本隊もゴロツキばかりだったという。

「どうやらカスミは組織幹部の顔を知っているみたいだし、その情報と引き換えに今回の件は不問にして、彼女をあそこに引き渡そうって思ってるんだ」

「あそこって、もしかして……」

「そ。ユンちゃんのとこ」

つまり、王国魔法院だ。

僕もカスミをユンの元に送りたいと思っていたから、願ったり叶ったりだな。

「まぁ、本人も凄く反省してるみたいだし、ユンちゃんのところでしっかり更生してもらうよ。その後のことは……まぁ、そのとき考える感じで」

「ありがとう。僕からもお礼を言うよ」

「いやいや。そんなお礼とかいいから。ほら、あたしとしても、カスミが牢獄行きなんてヤだしさ」

などと言いつつ、嬉しそうに頬を緩めるカタリナ。

カタリナってば、なんだかんだ言って情が深い部分があるからな。彼女なりにいろいろと考えてくれたんだろう。

「ていうか、カスミがしきりに『先生は私たちが思っているより凄い魔導士だったよ』って熱弁してたんだけど、一体何をやったの？」

「え？　いや、何だろう？　特段凄いことなんてやってないけどね？」

つい、視線が泳いでしまった。

カスミに口止めしておくべきだったか。

詳しくは伝わってないみたいだからよかったけど、僕が五種の【属性混合】でカスミを圧倒したなんて知ったら「今すぐ王都に来て！」って大騒ぎしそうだ。

深く追求される前に話題を変えようと、僕はもうひとつの要件をカタリナに伝えることにした。

「カタリナ、この手紙」

ポケットから手紙を取り出し、カタリナへ渡す。

「ん？　手紙？　もしかしてあたしへのラブレターとか？」

「違う」

即答した。

そんな物騒なもの、キミに渡すわけないだろ。

「黒の旅団のキャンプで見つけたんだ。どうやらナーナアカデミアから黒の旅団へ送った手紙らしい」

「……ナーナアカデミア？　ウソでしょ？」

一瞬でカタリナの表情が強ばる。

「どうやら今回の事件、ナーナアカデミアが深く関わっているらしい。一応キミに伝えておこうと思って」

「…………」

僕から受け取った手紙を無言で読み始めるカタリナ。

その表情が次第に落胆の色に染まっていく。

自分が卒業した学校が犯罪行為に加担していたなんて耳障りのいい話じゃないだろうけど、この情報は知っておいた方がいいはず。

被害者をこれ以上増やさないためにも。

「……ありがとう、先生」

カタリナは小さくため息を漏らした後で、ニコリと笑ってくれた。

「これは凄く重要な情報だ。すでに魔導士協会の調査団が動いてるけど、王都に戻ったら上に報告するよ」

「王都に？　戻るのかい？」

「うん。本当はずっとここにいたいんだけど、人狩りの件も落ち着いたしさ」

カタリナがロット村に滞在していたのは、黒の旅団の幹部が近くに来ているという情報があったからだ。

それが誤情報だったことがわかった以上、ロット村に居続ける理由はない。

いたらいたでいろいろ大変だったけど、いざ帰ると言われると少しだけ寂しくなるのは身勝手というものだろうか。

「でも、すぐに戻ってくるからね？」

そんな僕の心境を察知したのか、カタリナが間髪入れずに続けた。

ため息をひとつ。

ちょっと気を許した途端にこれだよ。

僕を王都に連れていくという話は、生徒たちが僕の教室を卒業してからって話じゃなかったっけ？

「いつ来ても僕の答えは同じだと思うけど……まぁ、それでも構わないって言うならいつでもおいで」

「……っ!?」

カタリナは目をまん丸く見開く。

「……ホ、ホントに？」

「ああ」

「ホントのホントにいいの？」

「いいよ。教会が許してくれたらだけどね」

「ねぇ、先生？　ちょっとだけハグしてもいい？」

「……目が怖いからだめ」

なんだか息遣いも荒いし。

キミ、絶対に変なことを企んでるでしょ。

＊＊＊

「ピピンは賛成です」

早朝のリビング。

何の前触れもなく突然言い放たれた言葉に、僕はスープを口に運んでいた手を止めてしまった。

しばし黙考。

結果、不明。

「……ごめん、何の話？」

「ロット村にロイドお兄様の銅像を建てるという計画の話です」

「……あ〜？」

説明を受けても何の話なのか全くわからなかった。

そんな計画、いつスタートしてたの？

「先日の人狩り事件のときに村長さんがおっしゃっていた話ですね？　ご令妹様？」

そう返したのは、上品にパンをかじっているジュリアだ。

それを聞いて、ぼんやりと思い出す。

そういえばそんな話がチラッと出てたっけ。

冗談だと思ってスルーしたけど。

「ですがご令妹様、ひとつだけよろしいでしょうか？」

ジュリアが続ける。

「確かに銅像もいいのですが、ロイド先生の偉業を広めるにはいささかサイズが小さすぎます。ここは巨大な石像を建てるという計画に変更すべきだと思うのですがいかがでしょう」

「巨大な石像⁉」

「ええ。ちょうど、お父様のお知り合いに腕のいい彫刻師がいますの。王宮の装飾品を作られた方なので、きっと神々しい大賢者ロイド像を作っていただけるはずですわ」

「わぁ！　ジュリア様、お兄様の魔法みたいに素敵なアイデアですっ！」

「………」

どこがどう素敵なんだ。

ため息と一緒に心の中で突っ込む僕。

こっちの迷惑も考えずに勝手に盛り上がらないでほしい。

というか、そんなことよりもジュリアさん。

さも当然のようにウチにごはんを食べに来てるけど、キミが寝泊まりしてるのは村の宿だよね？

「今日はロイド教室の日ですから、いても立ってもいられずお邪魔させていただきましたわ。ちなみに昨晩は夜更かしせずに早めに床についたので、睡眠時間はバッチリです」

「そりゃ凄いね」

いつも以上の気合の入りようだ。

まぁ、久しぶりの教室だし気合も入るか——と思ったけど、数えてみると休んだのは二、三日くらいだった。

本当にいろいろあったから、そんな風に錯覚しちゃうんだろうけど。

とはいえ、やる気のある生徒を無下に扱うこともできないので、ささっと朝ごはんを済ませて庭の納屋へと向かう。

「……あれ？」

扉を開けるといつもとは違う光景が広がっていた。

先日、黒の旅団から助けた子供たちが何人か座っていたのだ。

「あ、ロイド様！」

僕に気づいたララちゃんが嬉しそうに手をふる。

「おはようララちゃん。彼らはどうしたの？」

「新しい生徒さんみたいですよ」

「え？　新しい生徒？」

「はい。先日のロイド様の活躍を聞いて、彼らも魔法を教わりたいと」

ああ、なるほど。

収穫祭の「魔法お披露目会」から魔法に興味を持ってくれる人たちがちらほら出てきてたし、自分の子供に魔法を覚えさせたいって考える親御さんが増えたのかもしれないな。

村の人や子供たちに興味を持ってもらえるのは嬉しい。

療養の身だから無理はできないけど、できるだけのことは教えてあげよう。

「えっへへ、随分とにぎやかになってきやがったぜ」

「まぁ、生徒が何人増えようとも、わたくしがロイド教室のナンバーワンであることに変わりはありませんが」

トンタくんに続き、ジュリアも得意げに鼻を鳴らす。

本当にこの子たちは、羨ましいくらいやる気に満ちあふれているなぁ。

「よし。新しい生徒も増えたことだし、早速、今日の授業を始めようか」

「はいっ！」

元気よく返事をする可愛い生徒たち。

彼らに感化されるように、僕の体の奥底からエネルギーが湧き出てくる。

なんだかんだ言って——教師って仕事は僕の天職らしい。

エピローグ

緻密に作られたものほど、わずかな衝撃や亀裂から簡単に崩れてしまうことをブライト・ハリーは知っていた。

だからこそ、衝撃を吸収できる「ゆとり」を持たせることが大事なのだ。

今回の「人狩り」計画においても、いくつものゆとりを用意していた。

予測外の事態に陥ったとしても、臨機応変に変化できる。

そんな余地を用意していたはずなのだが——目の前に現れた亀裂は、意外すぎる場所からもたらされることになった。

「やっと来たか。ブライト・ハリー校長」

エンセンブリッツの外れにある古い倉庫に、男の声が浮かんだ。

薄暗闇に包まれた倉庫に、松明《たいまつ》の火が灯される。

ぼうっと浮かび上がったのは、黒いフード付きのローブを着た集団——黒の旅団の構成員たち。

そして、彼らの前に置かれた椅子に座らせられている、ひとりの男。

「お、親父っ……」

縄でくくられ自由を奪われていたのは、ブライトの息子でありナーナアカデミアの教師でもあるリンドだった。

ブライトはチラリとリンドを見ると、再び人狩りたちに視線を向ける。

「……説明してもらいましょうか。何故私の息子が人質に？」

「金のためなら魂すら悪魔に売り渡す冷徹非道のブライト・ハリーが人の心を失わずにいる唯一の理由がこいつの存在だからだよ。あんたをここに呼ぶために利用したってわけだ」

人狩りたちの中心に立つ、組織の幹部らしき男が言った。

よく調べている、とブライトは思った。

黒の旅団から「息子を殺されたくなければひとりで街外れの倉庫に来い」と手紙が来たのが一時間ほど前。

ブライトは指示される通りにやってきたが、もし人質に取られたのが息子でなければ放置するつもりだった。

しかし、とブライトはこの状況を見て思う。

彼ら黒の旅団には大金を払って人狩りを依頼した。

言わば、こちらは彼ら猟犬の飼い主ともいえる。

それなのに、このような脅迫じみたことをされるとは。

「まさか飼い犬に手を噛まれるとは思わなかったですよ」

「誰が飼い犬だ」

幹部の男が吐き捨てるように言う。

「勘違いしているようだからはっきりさせておくぞブライト・ハリー。俺たちに仕事を依頼した時点でアドバンテージはこちらにある。全部ゲロって困るのは俺らじゃなく、あんただ」

「そんなことは百も承知ですよ」

ブライトとしても人狩りを使って子供を集めるリスクは承知している。

もし、何か不都合があれば、それを理由に彼らから脅迫されるかもしれないことも理解していた。

だからブライトは、もしそうなっても極秘裏に解決する手段を用意していた。

「あなたたち黒の旅団に仕事を依頼した時点で一蓮托生《いちれんたくしょう》というのは理解していますよ」

「だったらどうして俺たちの仕事を邪魔した？」

「……邪魔？」

ブライトが首を傾げる。

「話が見えません。邪魔とは何のことですか？　そもそも、あなたたちに依頼した子供はどこに？」

「…………」

幹部の男が真偽を確かめるようにじっとブライトを見る。

「マジであんたの仕業じゃないのか？」

「一体何があったのですか？　何か問題が？」

「狩りは失敗した。あんたの学校の教師の仕業で、だ」

「……なんですって？」

ブライトは驚きを隠せなかった。

この計画は極秘裏に進めていた。

なのに、どうしてナーナアカデミアの教師に邪魔ができるのか。

「詳しく教えてください。一体誰が？」

「ロイド・ギルバルトだ」

「……っ⁉」

ブライトが息を呑んだ。

ロイド・ギルバルト。

こうして人狩りを依頼することになった原因の一端を担う憎き男。

できれば二度と聞きたくなかった名前だったが、また耳にすることになるとは。

「どうしてあの男が？」

「その顔、本当に知らなかったみたいだな？」

「あの男は先日学校から追放しました。あなたたちに仕事を依頼する前にです」

「……だとしたら偶然ってことか？　クソッ」

男は事情を細かくブライトに説明する。

エンセンブリッツから遠く離れた地方の村を襲って、多くの子供をさらおうと計画していたこと。

だが、突然現れたロイドによって総勢数十人のメンバーが捕らえられ、教会の聖騎士団に引き渡されてしまったこと。

「高い金を払って雇っていたウチの用心棒もあっさりやられちまった。あんたの学校にいた教師は、相当優秀な魔導士だったみたいだな」

忌々しい。

ブライトは心の中で吐き捨てる。

確か黒の旅団が雇っていたのも、ナーナアカデミアの卒業生だったはず。

無能の役立たずめ。あの男と刺し違えるくらいの気概はないのか。

「てっきり俺たちをハメるためにあの男を送り込んだと思っていたが、思い違いみたいでよかったぜ」

「よかった？」

ブライトの声に怒気がこもる。

「こちらとしては不愉快極まりないですよ。濡《ぬ》れ衣《ぎぬ》を着せられただけじゃなく、息子まで人質に取られたのですから」

「悪かったよ。こっちとしても焦ってたんだ。あんたが裏で手を回していたなら、きっちりお礼をしてやらないと俺たちの面子《メンツ》が丸つぶれだからな」

彼ら犯罪組織は体裁で成り立っていると言っても過言ではない。

裏切り者を放置すれば、他の組織だけではなく身内からも見放されてしまう。

「とにかくだ。雇っていた用心棒が捕まっちまった。じきに俺の所まで聖騎士団の手が回ってくるかもしれねぇ。だから……しばらく身を隠すつもりだ」

「私が依頼した仕事は？」

「一端、中止だな」

なんの悪びれもなく男が言う。

「何を馬鹿な。前金は払っています。中止は許しませんよ」

「こっちの身が第一だ。あんたの都合なんて知るか」

フードの影から見える男の口が、キュッと吊り上がる。

「言っただろブライト・ハリー？　アドバンテージはこっちにある。俺たちが中止と言ったら中止なんだよ」

張り詰めた静寂が、倉庫の中に広がっていく。

囚われたままのリンドの視線が、しきりに黒の旅団とブライトを行き来する。

「もう一度、言いますよ」

静寂を切り裂いたのは、ブライトの声。

「即刻、こちらが要望している子供を連れて来なさい。もし断るなら――」

「断るならなんだってんだ？　ここで俺たちとやるつもりか？」

人狩りたちが一斉に剣を抜いた。

囚われたままのリンドの口から、声にならない悲鳴が漏れる。

ブライトもリンドも魔導士ではあるが、実戦経験はない。

一方の人狩りたちは、これまで幾度も教会の聖騎士団の追撃を躱してきた経験豊富な猛者《もさ》たち。

そんな相手に戦いを挑めばどうなるかは、誰の目から見ても明らか。

――だったのだが。

「仕事の相手はちゃんと選ぶべきでしたね。お互いに」

剣を抜いた人狩りを前にしても、ブライトの表情に焦りはなかった。

「……っ⁉」

ブライトが手を挙げた瞬間、凶暴な風が倉庫の中に吹き荒れる。

だが、それはただの風ではない。

魔素が込められた暴風――。

時間にして十秒足らずだったが、その風が吹き止んだ後、暗闇の中に残っていたのは――かつて人狩りだった者たちの残骸だけだった。

「…………!?」

その光景を間近で見ていたリンドも、何が起きたのかわかっていなかった。

風が吹いたと思った瞬間、周りにいた人狩りたちが切り刻まれていたのだ。

「……周囲に生命反応はありません」

暗闇に浮かんだのは、女性の声。

いつの間にかブライトのそばに、細身の女性が立っていた。

「ご苦労様です。では息子を解放してくれますか」

「承知いたしました」

リンドのそばにやってきた女性が、手を触れることもなく縄を断ち切る。

何が起きているのか理解できないまま、リンドは慌ててブライトの元にかけ寄った。

「お、おお、親父……ここ、こいつらは」

「見てわかりませんか？　我が校の誉れ高き卒業生たちですよ」

「そ、卒業生？」

人狩りたちが持っていた松明の明かりが消え、暗闇に目が慣れてくるとぼんやりと彼らの姿がリンドの目にも見えた。

十名ほどの魔導衣に身を包んだ人影。

全員からとてつもない魔素を感じる。

「だ、だが、どうして卒業生が協力を？」

「様々な理由で表舞台に立てなくなった卒業生たちの再就職先として私が仕事を用意してあげたのですよ」

「し、仕事？」

「ええ。濡れ仕事《ウェットワーク》ですけれど」

これがブライトが計画した「ゆとり」のひとつ。

近年、魔王戦役の終結とともに魔導士の需要が落ち、職を失って犯罪組織に身を落とす魔導士が増えていることが問題視されていた。

ブライトはそれを利用し、自由に手足のように動かせる駒を作っていたのだ。

「す、凄い……さすがは親父だ！」

震える声でリンドが続ける。

「だ、だが、人狩りに仕事を依頼したことが教会にバレちまったのはまずくないか？　おっ、俺たちの所にも聖騎士団の連中が――」

「大丈夫ですよ。この件を知る人間は、ひとり残らず消せばいいだけです」

「け、消す⁉」

「そうですよ。私を邪魔する者は、何人《なんぴと》たりとも生かしておきません」

冷ややかに言い放つブライト。

それを聞いたリンドは、引きつった笑みを浮かべるしかなかった。

人狩り計画を聞いたときから薄々感じていたが、父親の口から放たれた言葉を聞いてようやく彼は自覚した。

——踏み込んではいけない領域まで入ってしまったのだ、と。

「……ロイド・ギルバルト。あの生意気な男め。学校を辞めてまで私の邪魔をするか」

憎たらしい男の顔がまぶたの裏に浮かび、ブライトは怒りで震えてしまった。

覚悟しろ、ロイド・ギルバルト。

最初に消すのは、生意気な貴様からだ。

そして——この件を知る人間も全員、闇に葬ってやる。

相手が教会だろうと知ったことか。

こちらには、職を失った優秀なアカデミアの卒業生たちが無数にいるのだ。

ひとりふたり欠けたとしても、手を挙げれば羽虫のように集まってくる。

ブライトは忠実なアカデミアの卒業生たちを見て小さくほくそ笑むと、リンドとともに倉庫を後にした。

番外編　過ぎたるは、なお及ばざるが如し

神々が残した秘術「魔法」は使いこなせれば非常に便利なものだが、使い方を誤ってしまうと大惨事が起きる可能性もある諸刃《もろは》の剣だ。

例えば、百五十年前に南方大陸で起きた「大厄災」の発端は、とある魔導士が生命を司る《木属性》魔法の【変異】を誤用したためだ。

【変異】によって生み出された魔法生物は大陸の生態系を破壊しつくし、数ヶ月で死の大陸へと変貌させた。

そんなふうに使い方ひとつで災害規模の事故が起きてしまうため、魔法の授業では、魔法の歴史と共に危険性を生徒に教えることになっている。

ロット村の魔法教室でもその方針に則《のっと》っていて、ジュリアを始めララちゃんやトンタくんには何度も口酸っぱく教えていた。

「……あれ？」

いつものように教室に使っている納屋にやってきた僕だったが、生徒の数が少ないことに気づいた。

ジュリアやララちゃんはいるけど、トンタくんの姿がどこにもない。

「あ、おはようございますロイド様」

「おはようララちゃん。トンタくんが来てないみたいだけど、何か知ってる？」

「朝、牧場にいるのは見ましたけど」

「牧場」

てことは、家の仕事かな？

でも、今日の授業を休むって連絡はきてないしな。

「気にする必要はありませんわ、ロイド先生」

ジュリアが小さく鼻を鳴らす。

「あの子猿さんのことです。仕事が終わってから二度寝をしたに違いありません。ねぇ、ララさん？」

「そ、そうかもしれませんね……あはは」

ジュリアに指摘され、苦笑いを浮かべるララちゃん。

僕もジュリアの意見に同意してしまった。

だって、この前も二度寝で遅刻してたし。

羊飼いをやっているトンタくんの家は、そこそこの広さの牧場を持っている。

そこで羊を飼っているんだけど、朝は特に仕事が多いらしい。

厩舎《きゅうしゃ》から放牧した後、牧場を周って柵が壊れていないかチェックしたり、毛刈りをしたり子羊の世話をしたりと大忙しだという。

だから朝の疲れを取るために教室が始まるまで二度寝しているみたいで、たまに遅刻してやってくるんだよね。

今日も多分、それだろう。

待っていればやってくるだろうし、昨日の復習でもやっておこうかな。

そう思って教壇に向かったとき、教室の入り口が勢いよく開け放たれた。

「ロ、ロイド様！」

現れたのは、顔面蒼白《がんめんそうはく》のトンタくんだった。

「あ、おはようトンタくん。また二度寝でもしたのかい？」

「に、二度寝⁉　ち、ちち、違う！　遅れたのはそういう理由じゃなくて……あ、いや、少しだけ寝たんだけどさ！」

あ、やっぱり寝てたんだ。

「でも、教室に遅れたのは二度寝のせいじゃなくて、俺ん家の牧場で大変なことが起きちゃったからなんだよ！」

「え？　大変なこと？」

「そうなんだ！　自宅で《火属性》の魔法の練習してたんだけど、かなりマズいことが起きちゃって……このままじゃ、ロット村が壊滅しちまう！」

「……はい？」

いきなり穏やかじゃない話が飛び出して、眉根《まゆね》を寄せてしまった。

遅刻の言い訳――にしては顔が本気すぎるし。

それに「魔法の練習をしていた」というのが少し気になった。

自主的に練習してくれるのは嬉しいんだけど、魔法の事故は、いざというときにカバーできる指導員・教師が近くにいない状況で起きることが多い。

これは本当にマズいことが起きてるのかもしれない。

長年のカンが囁いた僕は、授業は中止にして生徒たちとトンタくんのお父さん、グエンの牧場へと急ぐ。

教室から五分ほどで到着した牧場では、放牧されている羊たちがのんびりと草を食《は》んでいた。

天気もいいせいか、壊滅なんて言葉とは程遠い、のどかな空気が流れている。

だけど、トンタくんの言う「大変なこと」はひと目でわかった。

「す、凄い……」

「ええ。簡潔に言って――デカモフですわね」

一緒に来たララちゃんとジュリアも唖然としている。

形容するなら「凄まじく巨大な羊」とでも言えばいいのだろうか。

一匹だけ羊毛が爆発的に成長していて、家くらいデカくなっている。毛が膨らみすぎているから足を地面につけなくなっちゃってるし。

巨大な毛玉というか、巨大なモフモフの塊というか。

牧場から逃げ出した羊が数ヶ月経って毛むくじゃら姿で戻ってくる……なんて話はたまに聞くけれど、レベルが違う。

「どうしたらあんな羊になるの？」

「お、俺の魔法だよ」

申し訳なさそうに項垂《うなだ》れたのはトンタくんだ。

「もうすぐ羊毛出荷の季節だから収穫量を増やそうと思って、練習も兼ねて【身体能力強化】で瞬発力の強化と生命力の強化をやってみたんだ」

「……なるほど。それであんなデカモフになっちゃったわけか」

育成を司る《火属性》の魔法はトンタくんの得意属性。

《火属性》魔法を農作物にかけたら成長促進できたし、同じ原理で羊の毛が爆発的に成長しちゃったんだな。

それにしても、ちょっと成長しすぎじゃない？

一見、フカフカで気持ちよさそうな見た目をしてるけど、今にも転がり出して村のあらゆるものを毛で絡め取っていきそうな怖さがある。

そうなったら、間違いなくロット村はモフモフの中に沈んでしまうだろう。

早く元の姿に戻してあげないと。

「とりあえず【魔法消失】で魔法の効果を消してみるよ」

「ほ、本当か⁉　ありがとうロイド様！　いやぁ、助かった！　親父に見つかったら怒られちまうところだったぜ！」

そういえばこんなデカモフ羊が現れたのに、牧場主のグエンがいないなと思ったけど……この状況、報告してないのね。

隠し通せるとは思えないけどなぁ。

だってあのデカモフ、遠くからでもかなり目立ってるし。

「とにかく、魔法を使うね」

対象の魔法効果を消す【魔法消失】を発動させる。

デカモフ羊が青白く輝き、魔法がかかった――はずなんだけど。

「……あれ？」

「全く変化はありませんわね」

羊は変わらず、デカモフのまま。

あ、そうか。トンタくんは羊を巨大化させたんじゃなくて、羊毛の成長を促進させたんだ。

【魔法消失】をかけたところで消えるのは成長速度だけだから、成長しちゃった毛はそのままだよね。

ううむ……となると、ここからは物理的に切るしかないか。

「トンタくん、ハサミを人数分用意してくれないかな？　魔法で毛の成長速度は元に戻したけど、あとは物理的に切るしかなさそうだ」

「わ、わかった！　すぐに取ってくる！」

トンタくんが慌てて厩舎の方へ走っていく。

残されたのは、僕たちと風に揺れるデカモフ羊。

この事態を呑み込めていないのか、当の羊はのんびりと景色を眺めている。

いつもより遠くまで見えるなぁ……なんて思ってるのかもしれない。

こっちの苦労も知らずに。

まぁ、暴れられるよりは全然マシだけど。

「しかし、近くで見ると凄いな」

思わずぼやいてしまった。

フカフカ度がやばいというか。

顔を埋《うず》めたらすんごく気持ちよさそうだ。

「……ああっ、もう辛抱たまらんですわっ！」

となりのジュリアが突然叫んだ。

魔素の動きを感じた瞬間、ジュリアの体がふわりと浮かび、デカモフの中に突っ込んでいく。

彼女が発動させたのは物体を移動させる【物理変動】の魔法だ。

一瞬でイメージを作れるなんて、さすがジュリア。

だんだん魔法のレベルも上がってるなぁ――って、そんな悠長なことを言ってる場合じゃなくて。

「ちょ、ジュリア!? 何をしてるの!?」

「許してくださいまし、ロイド先生！ こんな気持ちよさそうなモフモフを前におとなしくしているなんて……むしろお羊様に失礼ですわ！」

「ああっ！ ジュリア様、ずるい……じゃなくて、危ない！」

ジュリアの体がボフッと毛に埋まった瞬間、デカモフ羊に異変が起きた。

バランスを崩し、ごろごろと転がり始めたのだ。

「ンメエーーーーーーッ!?」

「ちょ、ジュリア!?」

「あああ〜っ！ なんてことですの〜っ！ ロイド先生！ 助けてくださいまし〜っ！」

「ジュリア様！ そんな毛まみれになって……羨ましい！」

羨望の眼差しを送るララちゃんをよそに、巨大な白い毛玉はジュリアと共に牧場をゴロゴロと転がっていく。

このままではジュリアの身が危ない――と思ったけど、どうやらフカフカの羊毛がクッションになっていて、地面に叩きつけられる心配はなさそう。

牧場の他の羊たちもデカモフに驚いて逃げ惑っているおかげか、被害を受けてはいない様子。

まぁ、牧羊犬は嬉しそうに尻尾を振ってデカモフを追いかけてるけど。

「だけど、このままだと大惨事は免れないよな……」

柵を壊して外に出ちゃったら、ロット村が壊滅してしまう。

ああもう。本当に手が焼けるなぁ。

というか僕ってば、なんで朝からこんなことをしてるんだろう。

午前中は魔法の授業をして、午後からのんびり散歩でもしようかと思ってたのに。

ため息をひとつ添えて【物理変動】の魔法を発動させた。

瞬間、猛然と転がっていたデカモフがピタリと動きを止める。

「わっ！　す、凄い！」

驚きの声をあげたのはララちゃんだ。

「あんなに大きい毛玉が一瞬で止まった！　一体、何の魔法を使ったんですかロイド様⁉」

「物体を動かす【物理変動】だよ。羊も自分の体の制御が利かないみたいだし【操作術《コントラル》】だと意味がなさそうだったからさ」

【操作術】が効くのは生き物だけ。

もはやあのデカモフは、生き物じゃなくて物体だ。

「ほら、動きは止めたから、早く戻っておいでジュリア」

「……動けませんわ」

顔を毛の中に埋めたまま、ジュリアは微動だにしない。

呆れ顔。

動けないのか。動きたくないのか。

本気で抜け出したいなら【物理変動】を使えばいいし、完全に後者だろうな。

さて、どうしよう。

トンタくんがハサミを持ってくるのを待ってもいいけど、【物理変動】の効果が切れたらまだ転がり出しそうだし、さっさと片付けた方がいいか。

「仕方ない。今から《闇属性》の【斬烈衝】で一気に毛をカットするから、動かないようにね？」

「承知しましたわ。一気にやっちゃってくださいまし」

早速、威力を調整してジュリアの体を傷つけないよう、四方から慎重に毛をカットしていく。

作業時間は十分ほどで終わった。

周囲には文字通り山のような羊毛が残り、すっかり綺麗になった羊は何事もなかったかのようにのんびりと草を食んでいる。

「……あっ、毛がない⁉」

両手にハサミを抱えて戻ってきたトンタくんが声をあげた。

「いつの間にかキレイに羊毛がカットされてる!?　一体、どうやったんだ、ロイド様!?」

かいつまんで経緯を説明した。

ジュリアが欲望に駆られて、毛玉に突っ込んだことも含めて。

「ほええ！　魔法で毛を刈るなんて、さすがロイド様だな！　てか、こんなことができるなら羊飼いの仕事もできるんじゃねぇか!?　ウチに手伝いに来てくれよ！」

「いや、悪いけど、もうやりたくないかな……」

「えっ、なんで？」

トンタくんが、心底不思議そうに首を捻る。

体中毛まみれになるくらいやったし、しばらく羊毛なんて見たくない。

同じように毛まみれのジュリアは、至福の顔をしてるけどさ。

というわけで、事態は収拾できたので僕たちは教室に戻ることになった。

山のように残った羊毛の処理はトンタくんに任せて。

ただ、牧場を離れようとしたとき、騒ぎを聞きつけたグエンがやってきたので軽く事情を説明することにした。

事件の発端になったのはトンタくんの魔法だけど、彼のやる気を尊重して「あまり叱らないでくれ」とひと言添えてね。

事情を聞いたグエンは「わかった」とにこやかに応えてくれたけど、耳先まで顔が真っ赤になってたし、後で絞られることになるんだろうな。

ごめんね、トンタくん。

でも、これも学びだよ。

次から魔法の練習をするときは、僕かジュリアを呼んでからやってね。

＊＊＊

後日談。

しばらくして家にやってきたグエンから、めちゃくちゃ感謝された。

なんでも、あのデカモフ羊から取れた羊毛のおかげで、出荷量が例年の倍以上になったらしい。

「ロイドのおかげで大儲けできたぜ」と喜ぶグエンから、お礼にと高級羊毛で作られた布団をプレゼントされた。

ナーナアカデミア教師時代の給料三ヶ月分くらいする、貴族御用達の寝具だ。

教師時代にはジュリアから安眠魔導具をプレゼントしてもらったし、高級安眠グッズに縁があるのかもしれない。

魔素敗血症の療養に質のいい睡眠は必要だからこちらとしてもありがたかったけど、その高級羊毛布団を使った夜にデカモフ羊に押しつぶされる悪夢を見た。

熟睡しすぎて悪夢を見ちゃったか。

それとも、毛を刈られたあのデカモフ羊の恨みなのか。

何にしても——貴族御用達の高級羊毛なんて、一般庶民の僕には過ぎたものだったのかもしれない。

あとがき

ちょっと前に「あとがきなのに全然関係ないこと書いて文字数稼いでる」と突っ込まれたので、今回こそは真面目に書こうと思います。


ギックリ腰に続いて、首を痛めました。

以前のギックリは庭の草むしりが原因だったのですが、今回の首はトランポリンです。

知らない方もいらっしゃると思うのでトランポリンについて詳しく説明すると、ぴょんぴょん飛び跳ねることができる運動器具のことです。

ネットの動画でトランポリンを使った曲芸みたいなものを見たことがある方もいらっしゃるのではないでしょうか。

ほら、お尻から布部分に着地して、ぴょ〜んと跳ねながら一回転するみたいな。

別に曲芸をやりたかったわけじゃないんです。

でも、ふと「お尻から着地したら、普通より高く飛べるのでは？」と思い立ち、尻着地してみたところ衝撃で首が後ろにグキッと逝っちゃったわけですね。

次からは首をしっかりガードしてやりたいと思います。

というわけで、初めましての方もおなじみの方もこんにちは。真面目作家の邑上です。

教え子の可愛い女の子に押しかけられてチヤホヤされるという物語でしたが、いかがでしたでしょうか。

僕はこういう職業柄、可愛い女の子に押しかけられることがあまりないのですが、いつかは経験してみたいものです。

できればピピンみたいな優しい妹タイプでお願いします。

いい感じでページが埋まったので、最後に謝辞を。
今回もほっこり&ハッピーになる感想をいただいた編集者M様、もふもふ番外編は書いてて凄～く楽しかったので、またこういうの書かせてください（笑）
イラストを担当いただきましたｓｙｏｗ先生、イメージ通りのキャラクター（特にロイド！）&空気感バッチリな表紙を描いていただきありがとうございます。口絵のお羊様を見たときは声を出して笑ってしまいました。ズルいくらいに可愛すぎです。
そして、本書の制作に携わってくださった皆様と、こうして手に取ってくださった愛すべき読者の皆様に、心からの感謝を！

邑上主水《むらかみもんど》

引退した最強魔導士の隠居生活はままならない
～のんびりしたいのに優秀な教え子たちが放っておいてくれません～

2023年12月22日　初版第1刷発行

著　者　邑上主水

発行人　菊地修一

発行所　スターツ出版株式会社

〒104-0031　東京都中央区京橋1-3-1　八重洲口大栄ビル７F
☎出版マーケティンググループ　03-6202-0386
（ご注文等に関するお問い合わせ）

https://starts-pub.jp/

印刷所　大日本印刷株式会社

ISBN　978-4-8137-9291-8　C0093　Printed in Japan

[邑上主水先生へのファンレター宛先]
〒104-0031　東京都中央区京橋1-3-1　八重洲口大栄ビル７F
スターツ出版（株）　書籍編集部気付　邑上主水先生